U0590550

我的宝贝，我的爱

新妈妈成长手记

鱼处于陆 著

吉林出版集团·时代文艺出版社

图书在版编目（CIP）数据

我的宝贝我的爱 / 鱼处于陆著. -- 长春：时代文艺出版社, 2010.10

ISBN 978-7-5387-3243-6

Ⅰ.①我… Ⅱ.①鱼… Ⅲ.①日记—作品集—中国—

当代 Ⅳ.①I267.5

中国版本图书馆CIP数据核字(2010)第209135号

出 品 人　张四季

责任编辑　焦　瑛　王　峰

本书著作权、版式和装帧设计受国际版权公约和中华人民共和国著作权法保护

本书所有文字、图片和示意图等专用使用权为时代文艺出版社所有

未事先获得时代文艺出版社许可，

本书的任何部分不得以图表、电子、影印、缩拍、录音和其他任何手段

进行复制和转载，违者必究。

我的宝贝，我的爱

鱼处于陆/著

出版发行/时代文艺出版社

地址/长春市泰来街1825号　时代文艺出版社　邮编/130062

总编办/0431-86012927　发行科/0431-86012939

网址/www.shidaichina.com

印刷/北京博图彩色印刷有限公司

开本/880*1230毫米　1/32　字数/178千字　印张/7.5

版次/2010年10月第1版　印次/2010年10月第1次印刷　定价/25.00元

图书如有印装错误　请寄回印厂调换

目 录

Contents

第一章

小荷才露尖尖角

好大一股胎气 你的月子抑郁吗？ 开合中西文化的裤子 小鱼现形记
说"不"的智慧 动了动了，宝宝动了 孕妇猛于虎？ 疯狂网上大采购
十二分急以后的B超
月嫂与婆婆不可得兼？ 糟糕，感冒 老爸记分牌
男西瓜还是女西瓜 人为什么要生孩子 出人命了 好大一股胎气 动了动了，
千呼万唤始出来 犹抱琵琶半遮面 小荷才露尖尖角 病如西子
疯狂网上大采购

第一节　人为什么要生孩子?

无论当代女性穿上硬垫肩,工作起来多么的和男人一样有担当,可到了生孩子这件事情,还是要被打回原形的——好多年前在伊甸园偷吃果子那事儿,还没完呢。

以前,我尚且还不是个孩子他妈,但我对这事儿自有一番考量。别人问我喜不喜欢孩子。我总是谨慎地回答:我喜欢某些孩子。

其实心里在想:为什么你们总这么问?好像所有的孩子都一样?好像你不在乎这一个孩子和那一个孩子的差别?难道泛爱本身不正是对个性的抹煞?你怎么能那么轻描淡写地说"你喜欢孩子",就像我说"我喜欢猫"或"我喜欢狗"?常常有人说我这套歪理匪夷所思。

我总觉得生孩子会给女人带来神奇的化学反应。如果说普通的十个月给一个女人的是量变,那么怀胎这十月给一个女人的就是质变。

母亲的典型症状是什么?是谈起自己孩子时的眉飞眼笑:孩子如何地会背唐诗,如何地有外语天赋,如何地喜欢听莫扎特,如何地听到音乐就舞起来……是发自肺腑地跟我讲"我女儿是个标准的美人胚子","你不想生孩子是因为你没见过我的孩子"……是我一上线就被她们逮住去空间看孩子的新照片，看了还必须夸，夸了还必须跟上次不重样……

我经常擦着冷汗想：天哪，这真是我原来认识的谁谁谁吗？好在照例夸邻居家的孩子和狗，说"这孩子将来是要做官的"也是一种必备的社交礼仪。

我曾经戏谑地把一些"重症"母亲称为"乌龟妈妈"。典出那个小故事：麻雀妈妈中午有事不能到学校去给小麻雀送午饭了，就委托乌龟妈妈把饭给小麻雀带去。

乌龟妈妈说："可是我怎么知道哪个宝宝是你的呢？"

麻雀妈妈说："很好认的，学校里最漂亮的那个就是呀。"

于是乌龟妈妈中午来到学校。可是她左看右看，都是小乌龟最漂亮，她只好把午饭给了小乌龟。

简单来说，如果小乌龟穿着鞋在你家雪白的沙发上跳来跳去，乌龟妈妈看到的是一只可爱的小乌龟，而你看到的是沙发上的脚印子。

我一度认为社交界应该严格区分有孩子的妇女和其他妇女，因为有孩子的妇女会以带孩子为由推掉聚会，她们自有自己的魔法世界；即使来了她们也只谈论孩子，孩子才是那个魔法世界的唯一核心；更糟糕的是她们带着孩子来赴会，这些小小魔王的各种状况永无穷尽。对着一个把给孩子换尿片作为头等大事的母亲，你会想谈风月还是国事？还是都算了吧。

有孩子的生活，远远看上去，曾经没有呈现出任何吸引力。而有孩子的生活，远远看上去，也料想的到充斥着巨大的责任。

有人说，父母是一个人最大的命运。是的，没有比这更人命关天的事情了。孩子是父母的一个无辜决定，它却造成一个人绵长的一生。怎么知道将来这个人，对这个决定是喜爱的，是感激的？怎么知道这个人的将来，欢乐就比痛苦多？怎么知道，这个决定就有价值和意义？

也许不生比生更有责任感，我身边已经有很多夫妻都决定不生孩子了，尽管我觉得他们都是那么优秀，又有养育孩子的上好条件，生他一两支足球队也不为过。

那么，人为什么要生孩子呢？我总是无聊地这样问别人。典型的有这么几种回答：

●人家都生呀，跟着生呗。

家庭作为社会的基本单元，孩子是传统的充分必要条件。很长一个时期，人们不知道原来自己还可以丁克的时候，没有孩子的夫妻总是要接受别人异样的眼光。孩子不单可以证明你是个正常人，还可以保证你正常地过下去。

●也是一种社会责任。

窃以为远没有听上去那么冠冕堂皇，尤其是在我国计划生育的基本国策之下。仅仅我国就已经有十几亿人口，生命——完全可以是不可承受之重。

●养儿防老。

在我们还没有这么社会化，还没有像样的社会保障体系的时候，"老"比现在要可怕的多。老意味着丧失劳动能力和没有饭吃。所以在强调"孝"多过"爱"的时候，我总觉得背后潜藏着巨大的不安和恐慌。曾经我们的祖先都背过"父母在，不远游"，可现在身边无数的城市飞人在提醒我：我的下一代可能会更早地踏上更远的远方。老，能防得住吗？

●传递香火。

昔日秦皇汉武，今日焉知后人何在？什么香火能耐得住岁月侵蚀？

●孩子是父母感情的纽带。

曾经有人跟我说：俩人都老大不小了，整日面面相觑，又没了恋爱时候的激情，有什么意思啊？孩子是双方生命的延续，是爱情的结晶，是日新月异发展变化的新个体，占据超多精力，提供无穷乐趣，实在是居家旅行的必要调剂和补充。

这是我唯一觉得靠谱的理由。不过，我认为一个幸福的家庭是要孩子的先决条件，而孩子不应该是挽救问题家庭的赌注。常见有女人试图用孩子来留住男人远去的脚步，哪怕他们的心都已经不在了。我要恨恨地说：这样，对孩子是多么的不公平啊。

其实最终我也没有想明白人为什么要生孩子，没有任何非生不可的理由，拖儿带女的形象又不符合我江湖女侠的造型。

过了很多年以后，不知不觉，身边的小朋友日益多了起来，逆向思维才把我从思维困境中挽救出来了。我倒过来一想，没有孩子——那怎么行呢？那就赶紧生吧，时不我待。

非论出个子丑寅卯，也只有拿本能说事儿了。

一个物种繁衍生息的本能有多强大，看看大马哈鱼的洄游就知道了——不论浅滩瀑布从不停歇，忍饥挨饿遍身血红，一路历尽无数猎食者的重重杀戮大快朵颐，回到那条记忆中的清浅小溪，最好的结局不过是产下卵，筋疲力尽地静静地死去——还有比这更壮丽的生命赞歌吗？

我就这样成为了一个母亲。

把怀孕时候的鸡零狗碎记录下来可是我的夙愿。我要把它作为献给我的宝宝第一份礼物。

来吧宝贝儿，妈妈不再啰嗦了。你爸爸根本不知道我还为此进行过如此复杂的思想活动。他认为现存的一切事物都是天经地义的，而我的一切思考都是庸人自扰。

他一定会说："你这个女人，还敢不生孩子？"咱们要把镜头拉远一点儿，到刚刚有你的时候了。

二百八十天是怀胎十月的一种通用的计算方法，日记里的日期都是按这个口径记的。其实第一天的时候，什么也没有，天地混沌未开，等我知道有你的时候，已经是第二十八日。你的人生，就从这里开始。

第二节　出人命了

【第二十八日】

今天可是一个大日子，因为我终于测出怀孕了。

我曾经设想过很多次，怎么把这一举家欢庆奔走相告的喜讯告诉你爸爸。最后得出了两套方案。

方案一：出人命了！！！

方案二：

我有了，

不是你的！

还能是谁的？

今天我吃完晚饭颇觉恹恹的，又觉得左手无名指的这根筋似乎一跳一跳的。你有一个热爱中医的阿姨（你以后也会认识她的）告诉我这根筋是主孕的。于是我突然鬼使神差地很想用验孕棒测上一把。

我坐在马桶上，看验孕棒上的沙漏不停转了起来。其实就几分钟，可是我觉得这像整年那么长。最后沙漏停下来时，电子屏上赫然显示：

"Pregnant"（怀孕）！

我一激动把精心准备的设想都忘了，在洗手间大叫一声胖子（注意你爹出场了），然后把验孕棒举给他看。我们电光石火地深情对视了几秒，就像在敌占区遇到同志那样用目光进行了一次意味深长的交流，然后他继续去吃饭，我赶紧上床安胎去了。

简直不能相信，我要当妈了！

其实我们为了完成"生产任务"已经努力了几个月了。我用过的排卵试纸车载斗量，有时候我挺沮丧的。

我是有心栽花式的计划怀孕，这样的好处是准备充分，手段先进。比如爸爸可以禁烟禁酒，妈妈可以通过量体温或排卵试纸来观测排卵，甚至到医院用B超监测卵泡。我们可以把孩子生得很科学。不好之处是一件很自然的事情被弄得压力很大，疑神疑鬼。

相形之下，无心插柳的意外怀孕，显得更像是神赐的礼物。不好之处是因为不知道怀孕而不能及时加以注意。我经常在网上看到惊惶失措的母亲到处问：我吃了药，我烫了头发，却发现我怀孕了，我的孩子还能要吗？

现在好了，你恰如其分地出现，抵挡住了无穷的追问——怎么还不要孩子？是不是要不上？今年要要了吧……看来我真的不是一个人在战斗！

我应该恭喜你，你是你爹派出的千军万马里跑得最快的一个。你看，做人其实是很不容易的，要想成人首先就得当一次第一。

你爹已经完全供咱们驱策，看咱们的眼神很温柔。

似乎我作为一个女人一生中最颐指气使的时候来了，这不免让我有些矜持。我时时刻刻都把你挂在嘴边。生气了要说，我们俩很生气。上班要说，我们俩上班去了。指挥你爸要说，去，给我们俩热杯牛奶。

【第三十日】

今天接到一个好朋友的电话。我们俩都是晚婚晚育的代表，她现在也正计划生孩子，所以我们时不时地开个阶段性的电话会议，切磋探讨一下，适时调整战略战术。

怀孕前我去做了一个TORCH全套的孕前检查。TORCH一词是由数种导致孕妇患病，并能引起胎儿宫内感染，甚至造成新生儿出生缺陷的病原微生物英文名称的首字母组合而成的。其中T指弓形虫（Toxopasma），R指风疹病毒（RubellaVirus），C指巨细胞病毒（Cytomegalovirus），H指单纯疱疹病毒（Herpessimplex），O指其他（Others），主要指梅毒螺旋体（Treponemapaeeidum）。

他们可就隆重了，雌激素水平，精子活力这些全都测了。

现在不知道是环境真的太糟糕还是怎么，我老是听到有人说雌激素水平低，精子活力不足，在吃中药调理。生孩子这种看上去天生就会的事情，好像越来越困难了呢。

因为兵书曰：孕早期(3-6周)是胎儿中枢神经系统生长发育的关键时期，叶酸的缺乏除了可以导致胎儿神经管畸形外，还可使眼、口唇、腭、胃肠道、心血管、肾、骨骼等器官的畸形率增加。而叶酸补充的最佳时间是孕前3个月至整个孕早期。其实我看哪有人会那么幸运，刚好孕前吃三个月，除非是计划怀孕而且一次完成任务。

我已经吃了好几个月，她则已经吃了一两年，所以她经常跟我说浑身都是叶酸。

　　她问起我的进展。我说我前天晚上和昨天早上都用验孕棒测出有了，正在犹豫要不要到医院去验证一下。结果她大惊失色地说："啊？！你怎么这么冷静？要是我，我早就连夜去看急诊了！"这就是你雷厉风行的叶酸阿姨。

　　这下我终于巴巴地有了，却什么都不能干了。

　　茶，咖啡，可乐这些含咖啡因的饮料不敢喝了。

　　高跟鞋和紧身的衣服不敢穿了。

　　化妆品和香水不敢用了，不安全的护肤品不敢用了。

　　头发不敢烫不敢做颜色了。

　　不敢美容不敢按摩了。

　　肚皮舞不敢跳了。

　　……

　　人生突然无趣起来，曾经的享受都成了禁忌。你小子最好让我喜出望外，我已经觉得牺牲大发了。

　　我的生活遂只剩下吃、睡和幸福地傻笑了。

【第三十三日】

　　这几天都很嗜睡，孕妇果然是会嗜睡的，晚上七点多就困了，但会醒转很多次，早上醒来仍然觉得累。

　　早上因为一个梦醒来。我梦到我去洗手间，竟然发现出血，大惊，心想这是红军来了，一切都是假的，还是我流产了？一惊之下，就醒了。

我想我有些焦虑。以前年轻的时候贪图自由自在的生活，听到别人啰里巴嗦说什么生孩子要趁早只觉聒噪。但是现在，此刻，我才意识到年轻永远有着无尽的好处。年轻意味着余地和重来的可能。

大家都说怀孕的头三个月顶顶重要，是一定要多加小心的。我经常听到一些骇人听闻的事情：比如谁去晒衣服，伸了伸胳膊，就流产了。谁头三个月开车，一个急刹，就流产了……说的那么吓人，搞得我十分紧张，过着胳膊不能举过头顶的生活，十分的拘束。怎么会这样啊，孩子怎么能跟揣在兜里似的，说掉就掉了呢？

亲爱的，请你和我一起努力，健康地成长吧。如果周末的天气不是太恶劣，我就去医院化验一下，获得这一喜讯的官方认可。

【第三十四日】

今天我给你外婆打了电话，向她老人家汇报了这一突破性进展。老佛爷（外公给起的）说："啊呀呀，你可有了，我害怕你有压力，一直都没敢问你。"

我说："啊，你还急啊。我以为我要不要孩子你都无所谓呢。"

最后老佛爷做出了"也不要太紧张，就像没怀孕一样从容点就行了"的最高指示。

我仍然是睡不好，昨晚两点多醒来，一会儿觉得饿，一会儿又胡乱对我们的将来做了很多设想，竟然辗转了几个小时也无法成眠。到早上快六点了才勉强睡一小会儿，现在正觉得困乏。

虽然每天都若无其事地奔走着去上班，但我既然已经被你附体，就连带着也宛若新生。我强烈地感觉到肚子的存在。幸亏它天然是我身体的一部分，要不我一定会为怎么安置它煞费苦心。

我的心理素质其实挺差的。对于自己缺乏经验的事情，有时候即使是很小的事情，我也会感到焦虑。

我就喜欢每天清晨醒来，一切都尽在掌控中。凡事最好有个后备计划，后备计划最好有个后备的后备。我醉心于万无一失，却往往过犹不及。我几乎希望我的人生可以预演，大幕拉开后只需我优美从容地呈现。我好想跳过这漫长的充满着风险的过程，直接就看到你，健康又漂亮。

满地乱跑的活泼可爱的孩子可以帮助我恢复镇定，这不是都好好的吗？哪能连个安稳觉都睡不好，让你跟着一块儿受委屈，要好好调整一下了。冷静！

【第三十六日】

你爹这几天模范得不行,奶奶不在的时候都给我做早饭。那天早上给我煎了一个鸡蛋，献宝一样给我拿了过来。我咬了一口后，他万分得意地说：“你这个是土鸡蛋，蛋黄很黄吧。”

自从怀孕以后，越是觉得应该吃点儿好的，越是为食品安全问题揪心。不知你以后长大了世道怎么样，反正现在只要随便上网搜索一下食品安全，就会发现已经没有什么可以放心地吃了，只有祈求早日打通任督二脉练成神功百毒不侵了。我们还约定好了，你小时候不准给你吃KFC和麦当劳这些垃圾食品，只不知到时候是否可行。

我现在已经享受了非常标准的孕妇待遇了，你奶奶甚至连碗都不让我洗，衣服也不让我晒了。仿佛到处都危机四伏，我最好成为素描里的静物，度过这据说很重要很危险的头三个月。

我现在已经不开车了。因为上下班高峰路况复杂，车技很烂的我神经总是高度紧张。那天早上遭遇前车急刹后我也跟着一个急刹，当时就觉得肚子疼，也不知道是不是心理作用。弄得我很后悔，总觉得你已经受惊了，想安慰也无从下手。只好自己在肚子上抚摸了一阵子，跟你说了一会儿话，不知道你听见了吗？

你爸爸现在每天接送我上下班，饭后陪我去散步，并且从书上学到了（那当然也是我拿给他看的）准爸爸的十二字真言"要顺着她，要体谅她，要关心她"，经常自觉自愿或者在我的目光示意下进行诵念。

今天你爸陪我去了书店，买了些书。一是要买孕期的科普读物，二为了让我少受电视的辐射多看书。

今天是母亲节，你说我能过一个吗？呵呵。

我和你爸到商场去购物，还给你奶奶买了母亲节的礼物。在以后的九个多月里，为了照顾我的饮食起居，她也要辛苦啦。有时候我一想，你一生下来，身边儿都是好人，都等着对你好呢，就觉得你还挺有福的。

本来我是想买个防辐射服的，孰料商场重新装修以后格局大变，居然寻它不到，下周再来吧，最好谁能给我一个。你阿姨已经火速从深圳给我订购了一个克辐王，接在电脑上的，一个小方块，也不知里面有什么机关，据说可以抵御辐射，希望是真的。

【第三十九日】

汶川地震了。

举国悲戚。

人们四散奔忙的样子，也许与被我们惊吓的蝼蚁别无二致。这让人再一次感慨生命是多么的脆弱。我，和我所孕育的这一个，都是。

昨天我给四川和一些震感强烈地区的亲友打了电话，好在他们都安然无恙。今天去银行捐了一点钱，听银行的人说这两天来捐款的人很多。还有几个朋友去了四川做志愿者，听闻之后我自愧弗如。

网络论坛像锅开了的粥，总有些跳梁小丑出来摇唇鼓舌，说我不捐钱我不捐钱我就是不捐钱，你们凭什么对我进行道德胁迫。怎么说呢，关键时刻就见了真章了。这么多命都没了，有人却只看见自己荷包里那一点钱。

我也希望你将来成为一个正直和善良的人，但又陷在两难的境地。因为美德唯一的报酬是美德本身，而人心有时候真是意料不到的险恶，一个过于善良的人反而容易被人利用和伤害。比如说老大爷在ATM机旁请你帮他取钱，而事实上拿的是躲避监控的偷来的卡。

如果你真的在地震的现场，我会希望你是谭千秋还是范跑跑呢？是光荣地死去，让我骄傲；还是苟且地活着，给我莫大的安慰？做人，其实是很难的。

人们习惯说母爱是最伟大的。而我是个怀疑论者，我质疑一切闪闪发光的光环和神坛，比如总是伟大灵魂工程师的教师，总是白衣天使的护士。我就觉得母爱其实是最自私的，因为母爱建立在纯感情纯血脉的基础上，母亲为了孩子往往可以牺牲原则、真理，甚至生命。

王朔是怎么对女儿说的来着：我是自私的，可你是我私的一部分。

第三节 孕妇不是病人

【第四十一日】

这周据说你的头臀长才有0.2—0.5cm，好小啊，急死我了。

这几日似乎有丧失胃口的感觉，觉得有些泛酸，烧心，疲倦，老是不知道该吃什么，好像想吃酸的。

早上我起床照镜子，觉得自己面目浮肿，脸上也不知什么东西波澜起伏，人好像也胖了不少，一时悲从中来，问你爹："你是不是觉得我现在很胖？"结果你爹给我起了一个外号叫"胖妈"。

这一季，看样子束腰的裙子和细高跟鞋跟我彻底无缘了，虽说怀孕之前也作了些思想准备，不过，看上去像大妈可是个全新的考验。

今天早上你奶奶又给我做了很大的一碗面，里面稠密地分布着许多牛肉和海参。海参也是你小姨寄给我的，据说对你的神经发育特别有好处。

这碗面是如此巨大，吃到一半的时候它就已经把我打败了。我觉得这是无论如何也不可能完成的任务了，于是不论你爹怎么给我脸色我也罢吃了——就是怀着十胞胎也吃不下这么大一碗面呀。你奶奶的风格你日后自会领略，她就是一个不折不扣的金牌饲养员！

就因为这半碗面，你爹就认定我是为了自己的身材牺牲你的营养了。结果早上送我上班的时候不住从他的破墨镜后看我，大有鸿门宴范增数目项王的派头。我说："你看什么？"

他说："我对你怒目而视。"

"就为了半碗面？"

他得了理一样，"你就吃了你那半碗，没有吃儿了那半碗！"

我冷静地说："我吃了儿子那半碗，没有吃我那半碗！"

不知道为什么，很多人都觉得我会生男孩，最早可以追溯到几年前我还没怀孕的时候。自从有了你我就广开外围，号召大家来参赌，目前还没有人赌女。

我很想知道这一场盛大的传言该如何收场。遗憾的是要过那么久才能揭晓，这实在是让我心急如焚。不过你也不要有什么思想负担，自己愿意当什么就当什么，只要健康就好。

【第四十六日】

今天是哀悼日的第三天，网民又在为禁娱和杀狗吵得不可开交。估计等网游重开以后，很多人的荷尔蒙就能恢复到正常水平了。

我不知道现在有些孩子怎么能思维偏狭、自我中心、不肯迁就别人到这样令人发指的程度，以致这样大的灾难，这么多鲜活的生命都无法触动他们，都无法与一个游戏抗衡，哪怕只有短短的三天。我还以为我们都懂得物伤其类呢。

我也一直很担心网瘾的问题，甚至是从没有你的时候开始。很多孩子痴迷网游的程度让我害怕，是不是我以后也得到网吧里拽你回家啊？

我们一说起孩子，总是说他们生来像白纸一样纯洁，他们是坠落凡间的天使。我又很不厚道地怀疑了。

如果说人的一生什么阶段最自私，那得首推婴儿期。婴儿期是最典型的极端以自我为中心的人格，哭啊闹啊，无非是要别人第一时间来伺候他的吃喝拉撒，因此我更接受人生来君子与小人同时附体的说法。

记得有个小朋友到家里来作客的时候，我送玩具给她。她爸爸问她："那你以后把你的玩具也给妹妹玩，好不好？"

她不假思索斩钉截铁地说道："那肯定不行的！"

她妈妈告诉我，别人到她家里来玩，她就把玩具都藏到外婆的衣服里，去别人家玩，拿起人家的玩具就说"我的"。

每当这种时候，我都若有所思地想，难道自私和利己的特质一早就奔流在你们细小的血管里？！我充满无限怜爱地感慨，你们是多么的简单纯真不懂得掩饰啊。

我若质疑了人性本善，那么后天的教化就显得更为重要了，"粗鲁是饲养大的，而不是教育出来的"。其实我非常担心自己当不了一个好妈妈，我总觉得自己缺乏耐心。我有一个同学毫不掩饰地说过：我根本想象不出你当妈的样子。

是不是每个人一生了孩子，天然就有那种盲目的热爱，觉得自己的孩子简直举世无双？然后大部分人慢慢的从孩子上幼儿园开始受打击——老师竟然不是最喜欢我的孩子——你的成绩怎么会还比不上老王家那个傻小子呢——考的大学也太一般了——找个稳定的工作再说吧……

能生出爱因斯坦的人是少数，能像爱迪生的妈妈那样的也是少数。大部分人还都是普通人啊，以后我也要尽量避免把自己没有实现的愿望强加在你的身上。我得让你明白，一个人的一生是自己的，每件事情你所付出的努力都是为你自己，不是为我和你爸爸。

今天叶酸阿姨打电话给我了，问了我的近况，还说她到民政部门去登记，申领一个地震孤儿。她说，我想要一个三岁以内的女孩，虽然其实还想说要一个眼睛大的，但是没敢说。

我也想要你眼睛大。

今天恐怕是怀孕以来最难受的一天，昨晚醒了三回，而且醒来觉得胃很难受，翻来覆去的好久都睡不着。我都不知道一个人怎么可以同时感到反胃和饥饿呢？不到饭点就饿，去了又不知道该吃什么。

腰背也总是感到疼痛，不知是不是久坐的关系，可是现在也没有身体护理和按摩之类的可以依赖了，还是找点孕妇体操来做做吧。

我已经在办公室诏告天下：我，有了。还问人家讨了个防辐射的围裙穿上，样子比我预想的还要可笑。

你爸爸很热情地问我："我什么时候可以给儿子讲故事呢？"

【第四十七日】

关于辐射和防辐射，我在网上做了一番搜索。常见的家电辐射排行里，微波炉、电热毯、加湿器、吸尘器等以五星高居榜首，普通电视、电磁炉、电脑、电吹风等等以四星紧随其后。

大部分人视辐射为洪水猛兽的同时也有声音说辐射对胎儿的影响尚

不明确。至于防辐射的孕妇装，据说防辐射服的有效性尚欠临床数据来支持。电磁辐射还分工频、射频，并不是把手机的信号屏蔽掉的防辐射服就好那么简单的。

目前，有关防辐射服装的国家标准还没有出台，厂家自己的宣传大抵言过其实。我越看越觉得防辐射服的心理安慰作用还略大于防辐射作用本身，很是迷失，但我不能等到成了科学家再生孩子啊。

调查一下，这本来没什么。我的失误在于昨天晚上告诉你奶奶我觉得防辐射服没甚大用。这下可把你奶奶吓着了，因为别人给过我一本很多年前出版的书，上面说准妈妈如果是搞IT的，最好申请调离岗位，"毕竟不怕一万就怕万一"。

估计那时候电脑还不太普及，现在无论是不是做IT的，人人都坐在电脑前头，我看当前的育儿书里不大会有这种不利于安定团结的话了。你奶奶早就旁敲侧击地想让我辞职专门在家生孩子，被你爸爸和我打消念头以后，昨天又想让我头三个月请假在家，又被我拒绝了。

我只是怀孕了！我不是个病人！

我身边的大部分人都是怀孕期间坚持上班的，除了有体征表示有危险的，或者本来就是在家插插花弹弹琴的。我想凡事还是不要这么大惊小怪吧，现在的显示器都液晶了，而且你阿姨又送了我克辐王（这个是不是真能克辐就只有天知道了），再说过于单一和局限的环境我觉得也不利于咱们俩的身心健康，所以我决定不把自己作为单纯的生育工具来使用，我还是要奋斗在实现各种主义的第一线。

我呢，争取多从电脑旁边走开活动活动，没事儿去洗把脸，你呢，机灵点儿自己躲着点儿。我已经停用手机，改用小灵通。我不用电磁炉，不用电吹风，不用复印机……

你爹也计划把卧室的电视换成液晶的。不过，什么时候换，这还是一个未知数。你爹的风格是这样的，不论我要他做什么，他都答应，但什么时候办就不好说了。他的原则我总结为"三不政策"——不拒绝，不作为，不记得。

防辐射服，既然别人给了，也就穿上，没什么用也不打紧，没什么坏处就行。还能怎么办呢，我想很多人都是抱着这种心态吧。

昨晚醒了两次，你以后生出来会不会也这样作息啊？我听说如果准妈妈是夜猫子，生出的孩子也是晚上不睡的。

今天的胃好像没有昨天那么难受了。昨天一整天都十分的不得劲，我这样精确地跟别人描述我的感受：你能想象吗？你连坐了五个小时的空调大巴，还坐在最后一排，司机开得很飘很飘，空调的冷风强劲直吹，你衣服穿得又少，坐车前也没来得及吃饭，加上你又有那么一点晕车。你会是什么感觉？我现在就是这样，胃里泛酸，很饿，想吐又吐不出来。

今天早晨刷牙的时候干呕了一下，不确定这和咽炎有没有关联。

似乎要把家里的海参赶快吃了，听说过了长神经的器官分化阶段就没用了。另外上了黑名单的食物有：苡仁，甲鱼，荔枝，桂圆，螃蟹。别了，瓤肉莹白如冰雪的荔枝！别了，螯封嫩玉双双满，壳凸红脂块块香的螃蟹！

【第四十八日】

昨天你外婆破天荒地主动致电给我，怕我有反应难受，关怀我一下，并且做出你是男孩的推断，理由是"勤丫头懒儿子"——我成天光想睡觉，而她当年怀着我的时候每天都想干活。

你要是个女孩，我简直等不及看大家大跌眼镜的样子。

终于等到周末了，可以白天补补觉了。昨天为了给你奶奶树立信心，我特别把我同事的光辉事迹讲给她听：人家是几年前生孩子，屏幕都还不是液晶的，什么防辐射的东西都没用，还持续使用手机，上班一直上到快生，够危险了吧。人家饱受辐射洗礼的儿子现在好好的，活泼健康，人见人爱！

【第五十日】

昨晚我在看美剧，看了开头就停不了，把时间都忘记了。

晚上你爸一觉醒来，已经凌晨一点多，赫然发现身边一个孕妇还在神采奕奕地看电视剧，顿时大为惊诧，继而怒不可遏。看在你的面子上肯定又舍不得动我一手指头，只好恨铁不成钢地把我批评了一顿，不由分说地关了电视，命令我赶快睡觉。今天早上起来又逮住我痛心疾首地好一番教育，户主的派头别提有多十足了。

好像是看得有点忘乎所以了，很抱歉，以后注意。

现在口味好像不同以前了，对油腻的东西和甜食变得很反感。听人说，孕妇的口味有时候是很难讲的，有的孕妇会特别想喝酒，有的甚至会奇怪到想要吃金属。

还好我不是这样，要不然打开零钱包看见满包硬币无法自持怎么办？

【第五十四日】

我已经连续四个早晨在早起刷牙的时候干呕了，好在早晨空腹，没有什么可怕的实质性内容。白天倒是不吐，这使得我这个孕妇还潜伏在正常人的堆儿里，没有暴露。

本周是第八周，据说你已经长出了眼皮，心脏和大脑已经很复杂，也不再弯着像豆芽菜，而是有点直起来了，还拖着一个小尾巴。

我还感觉不到你的存在，但是我的肚子作为两个月的肚子似乎是大了一些。怎么现在就胖了这么多呢？以前衣服大多甚为合体，现在却是很局促的样子。可见，做人时刻给自己留有余地是多么的重要。

我随便买的那本孕产育的书好像跟多年前人家给我的区别不大，连推荐的菜谱都如出一辙：什么黄瓜炒猪肝，海带烩豆腐，这么多年过去了也没有什么新东西。往书店的孕产育区域一站，看着是琳琅满目的，其实都是虚空浮华的假象，骨子里都不晓得陈腐到什么程度。

不行，看样子要重新买过啊。

你爹还没去买液晶电视呢。有些事情，我看你现在就做个思想准备吧，我和你爸都不是什么雷厉风行的类型，所以，将来说要给你买个什么新玩意儿，去个迪斯尼啥的……你还是有个思想准备的好。

第四节　十二分的急以后的B超

【第五十五日】

今晨刷牙又吐了。我想呕吐一定是一个全身筋脉逆行的过程，要不然怎么会面红耳赤，涕泗横流到如此狼狈。

昨晚我第二次醒来后，看了看表，凌晨五点。胃很难受，又好像饿，折腾了好久才又入睡，然后我就抓紧时间做了一个可笑的梦：

我梦到自己哈根达斯的券快过期了（倒是确有其事的），然后我和同事相约来到哈根达斯，围坐在一张圆桌旁，要了一些西点和热饮之类，好像有泡芙和全麦的小面包，看到一桌子吃的喝的精彩纷呈，我的心情异常愉悦。

就在这时，一个同事遭遇了服务生的恶劣对待。她很生气地投诉到值班经理那里，得到一盘点心作为补偿。你娘我见了又很开心。

后来，又一个服务生在上东西的时候把一大坨奶油溅在我身上了。我低头看看自己一身的奶油，没有愠怒，也没有幽怨，而是想：又捅这么大的娄子，那你岂非又要送我一盘点心？

然而点心还没来得及吃上，我尚且一身奶油，闹钟就响了。

我很不情愿地醒来，思忖了很久。平常我或许懒作，但绝不好吃，还认为吃饭实在是人生的一大负担。总是幻想自己是风能、光能驱动的这么一个人，如今居然做这么饕餮的梦？至于饿成这样吗？白天醒着庸庸碌碌也就算了，做个梦都要占点小便宜！

你奶奶一早一晚地问我想吃什么，殷切得不行。可我习惯对着菜单做选择题了，空口无凭的什么也说不出来。而且选择了几回，做出来又完全不是我想象的味道，一顿白折腾，自己也惭愧起来，更加不敢乱说了。

虽然不知道自己要吃什么，可是一旦饿起来，那种饥饿的感觉是那么排山倒海势不可挡，以至于不吃就马上不行了。真有意思，我的胃变成二进制了，0为空，1为满，没有中间。

为了解放我的肚子和肚子里的你，我把以前买的一条好失败的超大裤子翻了出来，穿上以后对自己的形象感到很绝望。

我又是一脸忧郁地问你爹："是不是很难看呀？"

你爹很温柔地安慰我说："别担心，我觉得没人看你。"

真是忒不善解人意了。你有一个漂亮的阿姨是这样说的："没关系，敞开吃，生完了再重整山河，大不了我陪你去健身房拼命残害自己！"看看，这就是差距！所以我说：闺密是一夫一妻制的必要补充。

现在我生活中的每件事，我几乎都要把它和孕妇放在一起，去百度一下，看它还是否得当。

比如：

菊花茶 孕妇 键入——少喝为妙

脱毛膏 孕妇 键入——不要用

指甲油 孕妇 键入——不要抹

衣物消毒液 孕妇 键入——不要用

彩妆 孕妇 键入——不许化

眼药水 孕妇 键入——不详，那就不点了吧

【第五十七日】

好消息是：液晶电视到货了。这是你奶奶怕美剧把你看坏了，一再催促你爸爸，最后到卖场去看好了，然后拽着你爸去付款的结果。

昨天我和你爸伙同了一帮人去喝茶。男同学们打牌，女同学们聊天绣十字绣。我带领孩子们玩儿。（这样说是不是显得我是男同学女同学之外的另一种同学？）

不得不说你的这些小哥哥小姐姐精力还真是好，跟着他们楼上楼下跑了没一会儿我就力不从心了。不过他们哪有我老奸巨猾呀，我立刻倡议大家玩木头人游戏。我只需要坐着喊"我们都是木头人，不许说话不许动"就行了，看他们一个个小脸憋得通红，气都不敢出的样子，洋洋得意的感觉油然而生。

自从有了你以后，我对孩子的态度也在不知不觉变化。

也许我以前把我和孩子的关系妖魔化了，我总觉得孩子太不理性，没法沟通。其实也许我和你外公一样，也许和每个人一样，我们身体里有一部分从未长大——通常叫做童心。虽然我还是讨厌被宠坏了的孩子，但是这一次是史上我和孩子们玩得最开心的一次。

并不需要嗲声嗲气出演大号的洋娃娃，当真正俯下身来的时候，真

的就能发现他们小小的心眼里其实什么都明白。

耐人寻味的是，不过是带着三五岁的孩子做游戏，竟然也并非波澜不惊。每个人都想赢，每个人都想得到最多的关注和宠爱。

其实我组织他们玩的游戏很简单，因为手头什么也没有，所以我在地上画了几条线，大家都在这个起跑线上，然后石头剪子布，谁赢了谁就进一条线，谁最先到最后一条线就算谁赢。

一共有三个孩子，我发现只有一个孩子是老老实实的，另外两个孩子都趁我不注意的时候（那也只是他们以为，我当然从眼角瞄到了），偷偷地往前小碎步挪动。

我当然坚决制止了这一行为，把最守规则的小朋友狠狠表扬了一番，乱亲了几口。哈哈，谁让她长得这么好看呢。

最后"最佳运动员奖"、"最卓越进取奖"、"最守规则奖"都颁发了出去，皆大欢喜。

不过现在的小朋友，脾气之乖张真是令我侧目。我们不做游戏以后，另外一个阿姨给大家讲故事，讲完以后提问题，答对的小朋友有奖——其实就一张卡片。

后来两个小姐姐都得奖了，小哥哥没有得奖，虽然他也回答了，不过阿姨没有听到。于是这位小朋友勃然大怒，把桌子椅子都掀翻在地，令我瞠目结舌。

我不因为谁在游戏里作弊就生气，相反我对他们的脆弱幼稚和演技拙劣还挺不落忍的。也不因为谁脾气糟糕就鄙视谁，在那么小小的世界里，没有得到一张卡片可能就是很大的不公平了吧，就跟成人世界之这次加薪凭什么没我一样严重。再说这么一点大的孩子，不论有什么问题，我觉得基本都是教育和引导的问题。

只是这一切对他们，或者对你们来说，总有不是游戏的一天。那时一切都会比现在逼真和残酷，到时候也不会有一个"我"来维护简单的规则。

你们迟早会发现，不会人人都像爸爸妈妈这么关怀备至唯你独尊，不公平的事情比比皆是，更大的挫折像暗礁一样在成长的路上等着你们。现在就无法承受，彼时你们又拿什么来应对呢？

我前面也说过，希望你成为一个正直、善良的人。我最喜欢的，希望你可以具有的三样品质依次是：善良，勇敢，智慧。

虽然智慧是我觉得贯穿人类历史的最闪光的东西，但我并没有把它放在首位。我想善良的人即使不勇敢不智慧，最多也就是无用。勇敢而又善良的人没有智慧，那也就是鲁莽。又勇敢又有智慧的人再不善良，那可基本就是邪恶了。

昨天我去看了看孕妇装，以前没有认真看过，原来商场的孕妇装都是这么昂贵而又难看的。不到万不得已，我誓死不从。等肚子再大一点再说吧。

有个阿姨说了：现在美感已经不重要了，重要的是喜感。什么是喜感呢？是不是孕妇挺着肚子，一手扶着后腰的那种招牌动作？

我还买了一些据说安全的护肤品和防妊娠纹霜。

万事俱备，严阵以待。

【第六十六日】

今天下午我终于去了医院检查。

已经有好多人跟我讲过，不要太早做B超，也不要过多的做B超，说对你不好。但我想以现在医院的风格，只要我去检查，那肯定是要给我超一下的。根据墨菲定律，你越不想做，就越是要做。

不去医院吧，我也不是很放心，没到产科去报下到总感觉自己不是纳入体系的正规军一样，再者说办准生证也非要医院的证明不可。

我也没去什么特别大的医院，就去了离咱们家最近的还可以的医院，我琢磨着这肯定是一个特简单的事儿，只需要"阳性"俩字儿就够了。

医院的人川流不息啊，好多大肚了在妇产科进进出出，蔚为可观。那么大的肚子看上去真的很触目惊心，难道我以后也会那样吗？

等了N久，终于轮到我了。我直接跟医生说我想开个怀孕的证明，妄图淡化我怀没怀孕这个问题。结果医生看都没看我，很流利地说："去验个尿，做个B超。"

我心想，果然啊。就问医生："是不是太早做B超不好？"

她说："没关系的，你都两个多月了。你要是不想做，你就躺上去给我摸一摸。"说完看着我。

我发誓一生中的任何时候，我也不想躺到医院的那种床上去给任何人摸一摸。我在目光的对峙中迅速败下阵来，问："那做了B超应该就不用验尿了吧？"

她说"不用了"。所以到底还是超了，谁让我对穿白大褂的历来都肃然起敬呢？而且我也实在需要她们来跟我说：宝宝很好。即使我一点也看不见。

B超室门口的护士拿到我的单子劈头就问："小便是不是十二分的急？"

我迟疑着说："什么叫十二分的急？反正平常这样我就去洗手间了。"

她又问："这个孩子你是要的喽？"

我赶紧说"要要要"。

她说："那要十二分的急才看得清楚咯……"我又想了想，还是不知道膀胱壁承受多少帕斯卡的压强才叫十二分急呢？

护士小姐看我神态自若的样子，肯定还没有达到她所谓的"十二分急"的标准，很有派地挥挥手让我喝水去了。我于是跑到楼下买了一瓶矿泉水，一口气喝完，然后端坐在那里等着十二分急。

四十分钟后我拿到了B超单：……胚体长约2.42cm，心管悸动……拿回去给医生看，医生说你长得很好，我听了别提有多高兴了，早忘记刚才她威胁要让我躺上去摸一摸了，自己颠来倒去地把B超单又研究了好久。

回家后我上网查了查，在这个阶段你好像并不算大。那么我的肚子为什么大起来得这么快呢？看样子备不住你娘我大方啊，没让你住标间，给你的是豪华套房啊！

今天也是我怀孕以来第一次吐了——不在刷牙的时候。

第五节　糟糕，感冒

【第六十七日】

昨天晚上又吐了，而且最近经常感到恶心，反胃，吃不下东西。

看了昨晚关于牛奶的电视，今天早上你奶奶又跟我反复宣讲在我这个阶段喝牛奶是多么的重要。最后我实在受不了了，就对你奶奶和你爸爸说："好了，我知道了，你们不要每天一睁眼就没完没了地让我吃这个吃那个了，能吃得下我肯定吃。"一时场面有些尴尬。

说完我也有点后悔。每天他们都无数次问我想吃什么，还每隔五分钟就要建议我多吃一种所谓很有营养的对你特别好的东西，问题是我难受着呢，什么也不想吃。我已经要崩溃了，看见海参和白水煮蛋就想吐，难道我已经丧失自然生活的权利了？！

怀孕的"胖妈"恼羞成怒了，不过大家没有跟我一般见识。

【第六十八日】

昨天半夜醒来，感到饥饿难耐，但是如果三更天起来觅食，肯定会把你爸爸和你奶奶全都吵醒的。所以我就忍了忍，忍了又忍，结果饥肠辘辘了好久都没睡着，今天又是精神不济。

我还在发胖，体重增加快5斤了，但是视觉效果远比这个数目字惊心，我怎么看着，有点往羊脂球那意思靠了……

股市大跌，你爹心绪不宁。肯定是因为有你想给家里换大房子，不愿意接受这样的事实。你赶快出来安慰他吧，大房子固然好，但目前的房子也还是可以开心住着的，没什么可着急的。

【第七十三日】

上周末我去买了很多孕妇装，从里到外把自己按孕妇的标准重新包装了一遍。这次去的孕婴店比商场价廉物美多了，总算令我受到一些鼓舞。

已经快三个月了，我希望早上刷牙时的呕吐能赶快结束，恢复旺盛的食欲。你爹和你奶奶还是每隔五分钟就问我一次：你喝牛奶了吗？你吃水果了吗？你吃核桃了吗？就跟那个不厌其烦的广告一样——今天你吃了没有？

而且你爹还威胁我说：如果你以后算术做不好，很可能就是因为我今天没有吃核桃……

兹事体大。

现在我每天晚上都要加一餐，我希望每天加餐之后就睡觉，但可笑的是每天刷完牙躺在床上，我就觉得饥饿感出其不意地袭来，于是我在黑暗中幽幽地对你爸说："坏了，我怎么觉得又饿了呢。"

你爸一听，哪敢让孕妇饿着呀，激动地说："要不要吃？"

我斗争一番总是先说："算了，牙都刷过了。"然后忸怩了一会儿，抗不住还是去吃了。

每天如此，屡试不爽，不论时间早晚，不刷牙，是不会感觉到饿的。

今天你奶奶去办准生证了，不过现在好像叫生殖健康服务证了，听上去人性化多了，但在计划生育的前提下，还不是换汤不换药。

可恶的是街道要我单位出具我没有生育过的证明。现在又不是计划经济时代，人在一个单位一蹲就是几十年，街坊四邻连你有几根脚毛都可以随时揭发出来。现在人口流动这么大，我都换过这么多单位了，谁能知道我有没有生育过？又凭什么来证明我没生育过？既然户口本上表明我从来没有生育过，为什么不能采信？

到了单位，果然不肯出具。费了好一番工夫，单位才网开一面给我出了一个其实他们也没法证明的证明。

【第七十九日】

本周是第十二周，据说这周你会长到6厘米，手指和脚趾也会长好的。想想真有意思，多么精致的一个小玩意儿啊。

昨天我去了医院，建了卡，做了第一次产检，基本正常，胎心音很好，有轻微的贫血迹象。只是连医生都觉得我的肚子太大了，问我："是不是记错了日子？"我挺着一个名不副实的肚子，有一丝难为情。

昨天又去了孕妇商店，因为过去的衣服已然都穿不进了，三围里，不是这一围小了，就是那一围小了。我纳闷的是，体重也没增加几斤啊，这些体积是从哪里来的呢？

女人的噩梦也不过如此吧，一夜之间，衣橱的衣服全都小了，穿不进去了。我保持我怀孕前的身材很多年了，以后是什么样，看样子还真不好说了。

有个阿姨宽慰我说，好消息是至少胸围增加了。还有个阿姨说，理想的状况是以后保留胸围的变化而取消腰围臀围的变化。

我说：最后很可能只保留了腰围的变化，我就彻底完蛋了。你爹更加起劲地叫我"胖娘"，或者"胖妈"，全然忘记他自己的肚子看着就跟三个月一样，里面却没货！

据说十二周是一个很美好的周，过了这一周，流产的风险大大降低，恶心呕吐的反应也会消失，嗜睡困乏的阶段也会结束。

我总结了一下，发现如果不算干呕的话，其实我也就吐了两次。这说明我还是很幸福的，有很多过来人都告诉我那时候她们都吐得水米不进，还要勉强自己吃东西。

你爹说这是我一贯的"铁母鸡"风格，只进不出。欢迎你来到"铁公鸡"、"铁母鸡"之家，铁小鸡！

我连手指都粗了很多，不知是肿了还是胖了，结婚这么久，你害得我把婚戒都拿下来了。

现在走多了路就腿疼脚疼，坐久了又背疼，也不能按摩，估计这将是我在整个孕期最难忍受的部分。

【第八十六日】

本周是第十三周，完全没有出现传说中反应全消，胃口大开的局面。可见尽信书，则不如无书。

昨天下午我不知哪一根神经不对，突然好想吃必胜客的薯格，一想起香喷喷，炸得焦黄的薯格，配着可口的番茄酱，唾液顿时泛滥成河，人都坐立不安。很奇怪，对其他油炸的东西我是非常反感的，可是那一刻，薯格统治了我的心。

你爹最讨厌什么KFC、麦当劳、必胜客这些了，而且在现阶段严禁我染指这些他所谓的洋垃圾。看我是那么想吃，你爹拗不过我，我们在三餐不靠的下午茶时间，驱车前往必胜客。

一落座我就急不可待地点好了以薯格为基本点的下午茶套餐。就在我几乎要吮着指头等薯格的时候，服务员走过来说："小姐，不好意思，我们的最后一包薯格正好卖完了，您看您换别的可以吗？"

我顿时像个撒了气的皮球一样，半是哀怨半是恼怒地说："我就是为这个来的！"

服务员不说话，表情分明在说我不可理喻。她放下菜单就走了，估计就差问我："你没吃过薯格吗？"

我胡乱翻了几下菜单，还是恼羞成怒。正兀自烦恼的时候，服务员走过来说："你好，我们又找到了一包，一会儿就给您上。"

我顿时眉开眼笑，立马觉得人生完整了，平常日行一善的积累，人品在这一刻爆发了。

下午茶后我装着一肚子的薯格和你心满意足地去了书店，买了一本松田道雄的《育儿百科》。据说这是全球销量最大的育儿书。还浏览了一些胎教的书，没有发现什么新东西，很失望。稍带还买了点胎教的音乐，你不介意是打折的吧？

我告诉你爹说，育儿书上说宝宝最喜欢爸爸这个频率的声音，都要爸爸多和宝宝说话呢。他于是成天对着我的肚皮说一些我的坏话，还咬我的肚皮，说咬了你的耳朵。你爹这个恶习方圆百里的孩子都要怕了，每次都把朋友的孩子弄哭。

我们有个朋友，他太太生了个九斤的男孩子，一时震惊四座。你爹瞎起哄说他也要个9斤的，这可有点吓人，你娘的娘把你娘生下来的时候，估计只有那一半重！

【第八十七日】

昨晚把胎教音乐试听了一下，似乎不过是些平静舒缓的音乐，跟美容院那些让人昏昏欲睡的调调是一样一样的。幸亏买了打折的，要不我又要大呼上当了。

我一边听胎教音乐，一边把我买的《世界文明史》拿出来看，自己都觉得自己飘飘然升华了……

昨晚出了汗，吹了几下小风扇，才几分钟的工夫，就觉得嗓子肿起来了。人说咽喉是人体的第一道屏障，是多么的精辟啊。今天早上起来，已然觉得兵败如山，溃不成军。

唉，我以前就爱感冒，流感一来我必然首当其冲地倒下，拖上半个月还是咳来嗽去的好不爽利。如今有了你，不能吃药了，这可怎生是好啊！

我上网查了一下，不能吃药其实也并非绝对，因为疾病本身对胎儿也有影响。病，还是药，应该是个两害之间取其轻的意思。

先看看为娘我的抵抗力再说吧。

【第九十日】

经过了喷嚏，发烧，如今终于到咳嗽了。我久病成医，料想这应该是传说中的感冒后期的肺热……不过，还是呼吸道分泌的黏液混同着跟病毒细菌战斗阵亡的白细胞引发了咳嗽比较好理解吧，等战斗得差不多了，估计就不咳嗽了。

今天发生了一件很可笑的事情。

我穿着最后一条可以穿上并成功拉上拉链的裤子，上面是一件很巧妙的把腹部遮掩住的上衣，一时竟然不觉笨重，还颇有几分轻巧之意。

单位有一个熟人，见了我以后恍然大悟地说："你这样穿就对了嘛，前几天我看你穿那么宽的裙子，我还以为你怀孕了呢！我想你要是怀孕了，那还不是赶紧回家去了。"

在场的人都哈哈大笑起来。回过神来我才想，不对啊，凭什么我一有了，就要赶紧回家去了？！

现在十四周快要结束，我推测你现在有拳头大小，头臀长8—10cm，大头小身子，眼睛凸出来，开始形成指纹。

加油吧，争取长得又健康又漂亮！

【第九十七日】

咳嗽还没好呢。

今天致电给你外婆和阿姨，拟定了最近的战略方针。

据说根据国家标准，酸奶是不得添加防腐剂的，而且酸奶比牛奶更容易吸收，最好的原奶都是拿去做酸奶的，那我以后不喝牛奶，改喝酸奶吧。从4个月起我准备每天吃一片钙尔奇D，孕妇维生素还是每天半片。别不小心整多了，听说有些补钙补多了，孩子生出来就有牙，太可怕了。

有时候，真的觉得科学就是最新的迷信。只要滥用，什么都是杀人的利器。

母婴市场的营养类产品是非常多的：各种维生素、钙片、蛋白粉、燕窝、保灵孕宝、孕妇奶粉……有时候真让人无所适从。不信吧，现在的孩子明显比我们小的时候长得好。信吧，我有个朋友吃蛋白粉吃多了，孩子生出来就对蛋白过敏，牛奶都喝不得。

那还是不可不信，但不能全信吧。

现在每天出去散步的时候，看见人家的小孩子，都忍不住饶有兴致地多看一会儿。我觉得这就像一个秘密组织，我就要打入内部了。他们每一个人的身后，都有一位母亲，经过了我正在经历的这些，他们才长到这么大的。

14周了，再过两周我应该就可以感觉到胎动了，不知道是一种什么样的感觉。你总算能动一动了，要不然我都觉得我只是莫名地胖了。

大快人心的是，孕吐停止了，终于。

【第一百日】

昨天吃午饭的时候，我又发神经了。

你奶奶不知又听了小区哪个老太太的教诲，回来一再强调鱼头好，要多吃鱼头。我很不冷静地说你们把我弄得一点吃饭的乐趣都没有了。

对于孕期营养这件事，书啊，电视啊，网络啊，各种说法一直都很多，但是总结一下，无非肉、蛋、奶、新鲜蔬菜、水果、粗粮、坚果……这些，最简单可行的是不该吃的不要吃，该吃的轮换着吃。难道还定得出每天总共摄入多少维生素，多少氨基酸，多少矿物质，多少微量元素？再说，那样活着，不累吗？

我坚定不移地相信，没有什么东西营养好到只靠着它就可以安身立命，好到我天天吃就生出爱因斯坦来，就算怀孕要加强营养也得讲究膳食平衡。听风就是雨的，那顶不是你胖妈我的风格了，我可是不撞南墙不回头型的。

昨天跟过去的同事一起吃饭，都说我胖多了。我要加强运动了，剧烈运动是不行的了，多散步，再多学点儿孕妇体操吧。

可惜不善游泳，而且小区游泳池的人也太多了，谁再给我一脚，踢着你可就麻烦大了。要不然，游泳应该是很不错的运动。

今天在网上发现一个小插件，输入年龄月份啥的可以测生男生女。我赶紧去娱乐了一把，结果测出是男宝宝。为了排除它迎合有些人重男轻女心理的因素，我又换了好多年龄和月份进去，直到觉得抽样完全以后，发现结果显示的男女的比例少说是2：1或者更高。这不是瞎胡闹吗，这么多男宝宝长大了上哪儿娶媳妇儿去？

第二章　太平生长无事日

好大一股胎气　你的月子抑郁吗？　开合中西文化的裤子　小鱼现形记
说"不"的智慧　动了动了，宝宝动了　孕妇猛于虎？　疯狂网上大采购
月嫂与婆婆不可得兼？　糟糕，感冒　老爸记分牌　十二分急以后的B超
男西瓜还是女西瓜　人为什么要生孩子　出人命了　好大一股胎气　动了动了，
千呼万唤始出来　犹抱琵琶半遮面　小荷才露尖尖角　病如西了
疯狂网上大采购

第一节　老爸记分牌

【第一百零七日】

已经是第十六周了呢，马上就要四个月了，我的体重增加了十斤左右，快要到第二次产检了。

你已经快有12厘米长，有了头发和眉毛，而且要学会打嗝了。打嗝可是呼吸的前兆。据说就要有胎动了，那是什么样的呢？动了我就一定能感觉出来吧？你不会故意蹑手蹑脚的不让我知道吧？

以前我看过一篇文章，叫做"情人记分牌"，大致内容是说爱人之间，做了什么感人的事就有加分，有什么不好的表现就记负分。我一直拿这个跟你爸开玩笑，高兴了就给他加个几分。如今要当爹了，这"情人记分牌"也要改成"老爸记分牌"了：

■每天接送我上下班 **+ 20**

■每天给我指定营养菜谱，经常陪你奶奶去买菜 **+ 15**

■有时候在我的强烈要求下给我按按腿脚啊，背啊啥的（手艺实在

太差，加的主要是感情分）+ 15

■每天陪我散步 + 10

■带咱们吃好吃的 + 10

■忍受我的脾气 + 50

■给我起了很多外号，其中绝大部分跟我的体形变化有关 - 200

■上周背着咱们独自去吃香的喝辣的 - 50

■笑话咱们吃的多 - 50

■咬我的肚皮你的耳朵 - 100

是不是觉得扣分的力度比加分的力度大呀？那是因为每次提出扣分让你爸整改的时候，他总是大言不惭地说"扣吧扣吧，反正我账上还有好几百万分呢"。切，自己倒会给自己加分，也不知那些分哪儿来的！

最近胃口不是很佳，竟然又吐了两次。咳嗽似乎渐渐地要好起来了。

安吉丽亚·朱莉生了双胞胎，还是龙凤胎，羡慕到无以复加。可惜你爸和我往上倒十辈儿，都数不出一对双胞胎来。

好像很多人到这个时候已经开始给宝宝起名字了，我怎么完全没有这个冲动呢？到时让你外公给你起算了，小名咱们就叫个"栓栓"、"有富"啥的。大家都拼了命地艺术，只有咱们这个够惊悚！

【第一百一十一日】

今天做了第二次产检，听了胎心，验了尿，还做了彩超，一切正常。医生说你长得有点大，十六周看上去有十七周的样子。这次的彩超应该主要是看外观有没有畸形。医生拿着探头在我肚子上游走了很长时间，一言不发。

我问她："看不看得清脸啊？"

　　她说"看不清"，因为你给的是后脊背，把我郁闷得不行，好不容易有次B超的机会还看不见脸，也不知道你五官端正不端正。等到B超的单子出来，我一看上面就写着四个字儿：单胎，存活。我怅然若失，也太冷冰冰了吧……

　　这次还采了血，送到唐筛中心去做唐氏筛查，结果今天还出不来。

　　唐氏筛查是一种通过抽取孕妇血清，检测母体血清中甲型胎儿蛋白和绒毛促性腺激素的浓度，并结合孕妇的预产期、年龄、体重和采血时的孕周等，计算生出唐氏儿的危险系数的检测方法。唐氏儿综合症就是先天愚型儿，是由先天的染色体异常（多了一条21号染色体）导致的。

　　如果测出唐氏儿的比例高的话，医生说会在半个月内电话通知，所以千万不能接到医生的电话！

　　感冒的事情我也告诉医生了，医生说不发烧就不要紧，看样子关系不大了。目前还是没有感觉到传说中的胎动，那种什么气泡感啊，震动感啊，或者小鱼儿一样游来游去（这个很适合你啊）的感觉啊，统统没有。

　　是不是我太迟钝了？还是你没有使劲儿啊？没有在书上规定的时间感觉到胎动让我怀疑自己有点不称职。

　　昨天和同事去吃自助餐，大家都说"你多吃点吧，不会问你要两个人的钱的"。于是我本着大家一贯推崇的"扶墙进，扶墙出"的自助餐最高境界，在带着你的情况下，终于创出了我的个人史上自助餐最强记录。从一开始一直战斗到最后，令一干同事刮目相看。

　　以前吃自助搞点什么甜点冰淇淋就被打败了，这次总算以二人合力扳回一局，大为得意。

最近老有同事鬼鬼祟祟地打听我是不是怀孕了。为什么说鬼鬼祟祟呢？因为他们好像都不好意思直接问，而是在肚子上比比画画，说："你是不是……你有没有……"

也有偷偷向跟我一个办公室的同事打听的。这是怎么回事啊，我大好的一个青年，有大好的一个丈夫，要生一个大好的孩子，虽然说有点不好意思，可也不至于这么难以启齿吧？

我只能猜想，大家都是很体贴的。如果问了半天："咳咳，小鱼，你是有了身孕么？"结果我黑着脸说："没有，心宽体丰而已。"大家的面子是不好看的。

不是有这么条新闻吗？一丰腴女子着韩版服装上公交车，您猜怎么着？老有人给她让座呢。

【第一百一十九日】

这几天你奶奶出门了，当咱们家真正的食神不在以后，你爹这个伪食神就露出了马脚。他每天都抓耳挠腮的，不知道该给我弄什么吃。一听说我要出去吃饭，你爹就流露出如获大赦的快慰神情。

不过只要他肯做，我照例是谀词如潮。昨天早上连他自己都意识到了问题的严重性。因为他用前天剩的半碗番茄蛋汤给我煮了一碗面，我一口气吃完，还高呼大呼连呼好吃。他自己都不好意思地说"拍马屁也要有个限度啊"。哈哈，连马屁都被我拍穿了。我要是把这种功力拿到单位来，简直要平步青云了。

说到胎教，似乎是要我声情并茂地对着肚皮讲故事、念唐诗，你就七窍通了五六窍还是怎样怎样。

不过亲爱的，我很怀疑现阶段这样做的收效，而且也太……肉麻了，等你出来以后我一天给你讲两个行吗？目前你就跟着我读书看报，或者陪着你爹看篮球行吗？人生中除了吃就是睡的阶段是多么的短暂啊，享受吧。

我觉得很多父母对早早地教小孩子背唐诗、三字经之类的，有着近乎偏执的热爱。我历来觉得，不建立在理解基础上的记忆根本就毫无意义。背十首你不懂的诗，不如能够领略一句诗的美。再说你也没有在我的朋友面前扮复读机给我争光添彩的义务。

第二节 长远规划

【第一百二十二日】

最近我经常觉得你在动，但是又不敢确信，也不知道是不是神经过敏，弄得自己很纠结。你爹也经常把耳朵贴在我肚皮上听来着，也是一脸茫然。不过他还是坚持不懈地对着我的肚皮（相当于在你的房间外面吧）说我的坏话。

上周季末商场打折，我跟同事跑去瞎逛，竟然发现还有几件正常人的衣服我也可以穿进。我很激动地扫了几件。本来我已打定主意只去孕妇商店，不到这些正常人的地盘自取其辱了，哪知还能有这样的斩获。

估计你可能觉得我太爱臭美了，不过我告诉你，我听过的最可怕的关于生孩子的事情：有一个人带着孩子在小区玩儿，结果被人家当成孩子的保姆了！还有一件事情比这个更雷人：有个朋友带孩子出去，被当成孩子的外婆了！你说可怕不可怕？！

有一天我和同事出去吃饭，一起在街上走。她突然问我："你的脚是不是肿了？"

天真无邪的我说："没有啊。"

她蹲下来，按了按我的脚背，竟然出现了一个小白坑，浅浅的，很长时间才复原。我这才恍然大悟："我还以为我的脚也胖了这么多呢！"

你那个自学中医的神医阿姨，剖腹得了一个小姑娘，据说是过了预产期一个多星期，打了三天催产素都生不出，只好肚子上拉一刀了——多么顽强的一个小姑娘——说不出来，就不出来！！

我还没有去看，你爹已经去看过了。神医阿姨很激动地要给我把脉测男女来着。因为没看到我，她又很热情地捞出一个什么据说很准的软件给我测了一下，又说你是男孩子。我以后叫她半仙阿姨了。

【第一百二十九日】

上个周末出了趟远门儿，去了叶酸阿姨家，见了一些老同学，饭后我们俩还在她家的楼下散了两个小时的步，双方就共同关心的孩子的教育问题进行了亲切的会谈，交换了意见和看法，并达成以下共识：

1.教育不是你告诉孩子要怎么样的问题，而是你自己怎么样的问题。

父母是孩子最初环境的决定性因素，你从一个孩子身上，往往可以看到他的父母。

一个人作为现在的一种存在，有多少是天生的，有多少是后天形成的？叶酸阿姨认为一个人的成型，环境的影响至少占到70％，而先天至多是30％。

我想也许每个个案是不同的，不可一概而论和概率化衡量，但环境的重要肯定是勿庸置疑的。

如果是父母对孩子进行了第一次塑造，那么给他第二次塑造的便是生活。

　　我喜欢观察街上身边的人，用当年很红的一篇网络文章里的说法，叫"读人"。人有各式各样，那些在公交车上粗鲁地把别人推开，踩着他人的脚扑到唯一的空座位上，对指责充耳不闻，脸上写着小小实惠带来的满足以及经年困顿的中年妇女，那些大肚便便，眼神浑浊，脸上写着酒色过度，踌躇满志的权力动物……每个人的生活其实都写在他的脸上。

　　我还总结出一个现象，无论成年人的气质多么千差万别，可是婴幼儿的气质都很好，落落大方，璞玉浑金。我从来没有见过一个猥琐的孩子。

　　我对你的期望大抵是，以后不漂亮不要紧，一定要端正大方！万万不可猥琐！

2.自己不能溺爱孩子，也一定不能让爷爷奶奶、外公外婆溺爱孩子。

　　挫折教育肯定是必要的，可是在保护孩子的本能和挫折教育之间的平衡，对一个母亲来说，必然是艰涩的。

　　对比了一下日本和美国的育儿书，发现两国的育儿理念在这一点上有很大的差别。日本人提倡从小给孩子一些"罪"受，比如故意受些凉，拿干毛巾搓搓孩子什么的，体能训练也往往狠着心要孩子咬牙完成，认为这样的孩子才强悍。而美国人最关注孩子是否感到被爱，一般是怎么舒服怎么来，在这个前提下强调孩子的独立自主。

　　遗憾的是"中国妈妈"在西方世界，是溺爱和包办代替的代名词。

3.我们不要做那种妈妈，有了自己的孩子以后，整个世界都倾斜了，垮塌了。孩子变成生活的唯一重心，从此连自己都没有了，只有孩

子的妈妈。

我们觉得有成功的自己，才有成功的孩子。不说事业上一定要有多大成就，至少兼顾到自己的各种角色——一个母亲，她也还是丈夫的妻子，父母的女儿，公婆的媳妇儿，还是同事的同事，朋友的朋友。我们觉得那些成天叫嚷着自己为孩子奉献了一切的人，最容易以此作为要挟，在自己不知不觉的时候对孩子展开以"爱"为名的控制。

4.我们不要做那种妈妈，人前人后地夸孩子多么有天赋多么聪明之类的，一副居功至伟天下第一的样子。

我们支持对孩子的教育是以鼓励为主导的，但同时也希望把握一个度，也希望这种鼓励是纯真而又自然的。

比如说，一个孩子如果长得漂亮，从小听到人家夸她长的漂亮，听很多年以后，难免会觉得长得漂亮是顶值得自负的事情。我很疑心在这过程中就会伴生浅薄和虚荣。

其实我认为一个人拥有任何天赋，都没什么可骄傲的，应该对自然的赋予表示谦卑，对发生在自己身上的小概率表示感激。只有真正通过自己的努力，达到目标，超越自己，才是真正值得骄傲的。那个，才是真正的自我实现。

叶酸阿姨还勾引我去超男女来着："如果你想知道，我现在就可以带你去。"被我断然拒绝了，我说我可要等到生的那天才问，谁说我跟谁急。

原因有三：一、多照B超对你有害无益，为这么无聊的理由太不值得了。二、我这么有好奇心的一个人，都愿意忍这么久，是我不愿意丧失那个瞬间，一个母亲本应有的惊喜。三、对于已经既成事实的东西，提前知道又不能怎么样，意义不大，知道，也就仅仅是知道了。

好像还经常有人告诉我说，早知道可以提前准备东西。我本人也觉得意义不大吧，谁规定女孩子就一定要包裹在粉红色的花边和蕾丝里了？现在男人也可以穿粉红色了，大可不必如此拘泥。

【题外】

孩子总是能带来意想不到的乐趣，分享两则来自友人的趣事：

1.不能说

假期和朋友一家一起玩，她带着女儿。她丈夫去超市买水，回来以后坐在车里她就问她丈夫都给大家买了什么水。她丈夫就说："绿茶，纯净水……还有那个不能说。"

我很纳闷："什么是'不能说'啊？"

她丈夫举起一瓶广告上常见的乳酸饮料，对我说："就是这个，现在说她马上闹着要喝了，所以不能说。"

一会儿途经我家所在的小区，附近的超市门口有那种投币后有可怕的音乐，小孩子可以坐进去摇一摇的电动玩具。她丈夫又对她说："哎呀，你看，这里也有那个……'不能说'！"

2.亲哥哥

友人把小孩子从幼儿园接了回来，两人在公交车上有说有笑。

她女儿说："妈妈，我们班的安安，有一个七岁的哥哥呢。"

朋友本着只生一个好的思路问："那肯定不是亲哥哥喽？"

她女儿没有回答。

　　后来回到了家，她去做饭。她女儿一个人在客厅玩了很久以后，走进厨房对她说："妈妈，安安的哥哥是重哥哥。"

　　朋友忍住笑问她："你怎么知道不是轻哥哥就是重哥哥啦？"

　　她说："那我想，哥哥总比弟弟要重的喽。"

第三节　动了动了，宝宝动了

【第一百三十日】

最近忙得不行，都顾不上检查你的进展。

你现在应该都快15厘米，半斤重了。据说做B超的话，还可以看到你踢腿、翻身和吸吮大拇指呢。

今天是一个值得记录的日子。我吃过午饭后，只觉有个小人儿在我肚里扭来扭去的，想来你跟我一起吃饱了饭，也活泼得很。这是怀孕以来最为明显的胎动，使我终于确信，这就是胎动！先前那些疑似的，也都是胎动！

看到书上说很多妈妈都准确地记录了自己的第一次胎动，我觉得她们真厉害。胎动这回事，动动小手指也是动，踢一大脚也是动，我是直到挨了你一脚才敢肯定的。

书上还说："现在的你可以开始穿孕妇装了……你的体重大概已经增加了5公斤……"我真是暴汗，因为我早就穿上了孕妇装，并且已经增加了快10公斤体重了。

我本想知道你是男是女以后再火速给你起名字的，因为我老是幻想我听到你的第一声啼哭以后，灵感就像雷霆一样击中了我，一个切合时间、主题、场景的熠熠生辉意味深长的名字就会突然浮现在我脑海里。

结果听说刚生下来出生证上就要写的，那我就不依赖灵感了，先发动外公给你起几个看看吧。在男女未卜的情况下，注定一半的工作量是浪费的！

现在已经有6个人赌你女了。最近赌女大热的理由是我怀孕后皮肤变好了，人也变漂亮了。（重了18斤呢，皮肤能不比以前舒展吗？）

自打怀孕，我就热衷于各种各样预测男女的理论。什么看皮肤，看肚皮，看走路姿势，拿年龄算，拿日子算，拿软件算，各种巫婆神汉齐聚头。

可惜的是，不管你是男是女，你都只能揭露一部分人。可喜的是，不论你是男是女，都可以证实一部分是在瞎说。

昨天我在工作上犯了一个特低级的错误。把去年例行公事的邮件找出来照抄，结果忘记改年份！这么傻的事情，简直像过年转发贺年短信连名字都没改一样。

这下可被同事耻笑了，他说，"过去你可不会犯这种错误的呀（那是，以前我都发错人）。"

我只好回邮件说："不好意思，怀孕以后智商明显下降了。"

他说："我以为你现在集中了两个人的智慧，应该更聪明呀。"

【第一百三十三日】

今天约了一个阿姨喝下午茶，说及怀孕之种种。她说打算明年也添丁了，还说看我的状态，大约怀孕也不至于那么恐怖的。

　　我说怀孕其实倒还好啦，至少目前并不至于辛苦，而且身边的人还是会多一些照顾的。生产和生产后的那段时间肯定是要受些罪，但我想也不至于人人都抑郁。一来现在医学高明，二来到底是自己和爱人的小宝宝，就算是负担，也一定是甜蜜的负担。

　　真正让我头痛的是，当妈了，再勉为其难也要为人师表吧。地球人都知道榜样的力量是无穷的，不义不容辞地做出榜样，我怎么把手插在腰里神气活现地讲做人的道理，指挥他（她）成为一个四有新人五好青年？

　　我估计我的孩子，只有比我当年更牙尖嘴利的，要是你动不动就冷笑着跟我说"那你怎么不哪样哪样"，那我每天都得噎住多少回？那还不就跟当了三好学生似的？哪能像现在这样，不思进取好吃懒作，跟婆婆顶嘴和老公吵架，一边说一日之计在于晨一边早晨从中午开始，一边说早睡早起身体好一边上网到深夜……

　　要了亲命了，天大的自由换成天大的责任了，这哪是孩子，这就是一个活的紧箍咒！

　　往好处想吧，那我还不跟上了发条似的，"突突突"地往上升华？

【第一百三十六日】

　　今天又是很有意义的一天，因为你爹也终于感觉到你在动了。

　　我反复地跟他宣传你已经很会动了，今天他又把耳朵贴在我的肚皮上听动静，不过你这个懒家伙一动也不动。我就大叫一声"儿子"，结果你真的动了一下。你爸兴奋地说："动了动了！"

我恨不得把自己的耳朵揪下来也贴在自己的肚皮上，赶紧问他："什么声音？"他说没声音，但是肚皮自己鼓了一下。然后他自己又兴冲冲地凑上去叫"儿子"，你真的又动了一下！

我们都沉浸在拨云见日的喜悦里。如果说我感觉到胎动的那一天相当于人类历史上开始利用火的那天，那么今天就相当于钻木取火的那天。

我终于证明我肚子里的是个活物了！只是要赶紧给你起个名字了，不能再这么"儿子儿子"地瞎叫了。

【第一百三十八日】

我终于把我的孕期知识课去"妇保"听过了，要不产检的时候医生又要批评我了。

其实就是些常识性的东西，书上网上都有的，不过这个培训的医生倒是很对我的胃口。她旗帜鲜明地反对了大剂量服用保健品，或者一次服用多种复合维生素，也强调了保持膳食平衡，还说孕妇左侧位睡觉是过度宣传——她说："都要靠这个来改善供血了，还要我们医生干什么？！"

关于孕妇用什么姿势睡觉的问题，各种资料都表明应该左侧睡。可是这个实施起来其实是很困难的，我想大部分人都已经习惯右侧睡多年了。

我目前倒是习惯左侧睡，但是不记得在哪里看过，科学研究表明，一个人在睡着以后，可以变换上千种姿势的，那么用什么姿势入睡又有多大关系呢？所以我老早就觉得这个说法有点扯淡了。

今天听课的时候，有一个孕妇真是堪称百无禁忌，直看得我目瞪口呆。她来的比较晚，座位都快没有了，在前头落座以后过了没有五分钟，她丈夫来给她送早饭。我定睛一看，左手一瓶可乐，右手两根油条。她起身去接，背后又露出一溜儿的拔火罐儿的印子！

后来医生把她单独叫过去了，隐约地听到几句，大意是偶尔的没关系但要注意一下了，不知说的是可乐油条还是火罐儿。

听了今天的课，让我对自己的体重忧心忡忡起来。课后我还特意跑去问了一下医生。我在前三个月体重飞速增长是怎么一回事，至少都有15斤了，倒是如今第五个月了，一个月才重两三斤。

医生说我前三个月胃口很好其实也是一种早孕反应，可是人家头三个月体重一般都没有变化，反应重的甚至可能掉几斤呢，到四个月以后才一周重一斤的样子。

医生说要控制，这可怎么着手呢？如今我吃得倒不如前阵子多了，带到办公室的东西，常常吃不完。然而晚上做梦还是在不断地吃东西，像个难民一样。

其实照医生的说法，怀孕以后比以前进食大约多20％。我觉得我也差不多是这样的啊，吃了就应该长啊，凭什么她们不长？！这不符合能量守恒！

再密切观察一个月再说吧，我从来没有强迫自己节食过——生长在五星红旗下，我不知道真正的饥饿是什么。人饿了就吃饭在我看来是再天经地义不过的事情了，民以食为天嘛。一下把咱俩打回旧社会，我哪忍心啊！

第四节　孕妇猛于虎？

最近又开始睡不好了，一宿一宿地做好奇怪和复杂的梦，我还老是梦到我会飞。我想我可能是《英雄》啊，《4400》之类的看多了。也可能是现实中的笨重导致了我在梦中加倍地向往轻盈。

家里的空调也很奇怪，一度之间就有冰火两重天。调高一度，就热醒了。再调低一度，就梦到下雪。我几乎觉得这是一部具有哲学意义的空调，它在告诉我们，这看似微小的一度之间隐藏着什么秘密？酷热与深寒之间的一个世界……

前天你爹在家看球，不愿意接我下班，就央了一个叔叔顺道来接我。结果我走出写字楼，冲他傻笑了半天以后，发现他根本没认出我。在我自己表明身份，而且方圆百里也没有其他孕妇出现之后，他终于肯搭我上车了，一路连声啧啧称奇："你怎么能胖得我都认不出来了呢？"

回家后我沮丧得不行，跟你爹说你看我胖得人家都认不出了。你爹这下又捞到了新的笑柄，一天好几回地猛回头，故作惊讶地对我说：

"哎呀，你胖得我都认不出来了!"

按理说该把你的小床预备起来，散散漆味儿，不过有人说要给咱们一个，那也不急了，期待是个有轮子的。天凉了，你奶奶要找人给你做小被子小褥子了。其他东西，就算是现买也很方便的。

怀孕以后记忆力似乎大幅衰退，让我很是恼火。我以前的记性那么好，同学聚会的时候别人说起多年前的那个谁谁谁，我总是报出他们名字的那一个。如今沦落成这样，到开会的时候才发现：哎呀，原来这会儿还有个会!

【第一百四十一日】

今天下午又去做产检，无非身高体重、胎心、验血验尿。

问题在于医生听胎心听了很长时间，最后说："我总是觉得心率有点儿不齐，你最好到省妇保再去找专家听一听，需要的话再预约一个三维B超。"

我听了以后心里跟压了块石头一样，因为你外公就有心脏病，给我也遗传了一点儿心脏病，我真有点担心了。

回家以后，我们本想找个有熟人的医院，瞒着你奶奶先做个三维B超，结果事与愿违，那个医院竟然没有这个设备，那还是得去省妇保，还得你奶奶去给我们排队挂专家号。她肯定得跟我们一块儿去的。

这下子就瞒不住了，我们俩谋划了半天，商量怎么轻描淡写跟你奶奶解释这件事。吭哧一番，你奶奶的反应倒很正常，没有像她经常的那样，一有事情担心得一宿不睡!

晚上我们都没有再谈起这件事，希望它像我们故意表现出来的一样，根本不是个事儿。

【第一百四十二日】

昨天大约喝了不好的牛奶，导致昨天半夜胃痛难忍，今早引发严重的腹泻。

本想就近去小诊所看看，如果可以不吃药就不吃药了。去大医院的话少说也得半天，医生一高兴再把我全身上下查一遍，一天都得在那儿等化验结果了。整天儿跟那儿待着，没病也待出病来了。

先去了小区里的中医院下属的诊所，那医生一听说我是孕妇，吓得要死，连忙摆手说他们这儿看不了。夏天的肠道疾病不知是上级医院还是卫生局下文，必须到有肠道门诊的地方去看。

我很疑惑，我不说我是孕妇，你就没有肠道疾病的批文了？让他给我开病假条，他也不肯开。我就气呼呼地走了。

后来又去了社区医院，只有一个很年轻的小伙子，不看牌子我差点没看出他是医生。

我这回长了记性，先问他："肠道疾病可以看吗？"

"可以。"

结果我又亮出肚子，他顿时大惊失色："这个我看不了，你去别的医院吧。"不过他给我开了一张病假条，我觉得他还是很可爱的。

他嘱咐我多喝点盐开水，免得脱水。我呢，虽然腹泻很严重，但是精神还是好的，也不算很难受，就是频繁地出入洗手间，晚上也没有睡好，有轻微的不适。

这些医生都如此见孕妇而色变，我也有点火了，不看了！就靠自己的抗体一回了！明天还要去妇保看你的小心脏呢，还得请假。我可不想让人家觉得我怀个孕，整天都不在办公室，事事都要人家照顾。

现在的人不知怎么都对孕妇这么敏感。有一回和同事逛街，回家的时候一起坐出租车。她就让司机开慢点儿，说我们这儿有孕妇。司机大刺刺地说："现在大肚子我们都不拉了。上回有个司机，拉个孕妇，流产了，赔了十几万，太麻烦……"

听那意思，也就以为我是个胖子，才给我混上车来了。我琢磨这事儿不对，又不知该怪谁。这么多大肚子，要是自己没车，出租车再不肯拉，公交车也未必人人都给让座，那怎么办呢？人心就至于如此凉薄么？果真孕妇猛于虎么？

明天要去省妇保了，你爹凑到我的肚子面前细细地对你嘱咐了一番，大意是明天到了专家那儿，一颗小红心一定要好好地跳，当爹娘的乖孩子，不许出什么幺蛾子！我发现其实他也挺担心的，但是我们都假装不会有事。

【第一百四十三日】

今天去了人潮如织的著名的省妇保。

你奶奶早上五点就起来去挂号了，就是那么早去，也只挂到下午的专家号。

现在去到大医院看病是一件非常旷日持久的需要精心统筹的事情。上次我在论坛上看到一个帖子。这个楼主估计对形势估计严重不足，早上在家款款地睡了个懒觉起来，十点钟晃到医院，当然只挂到下午很靠后的号了。于是等了七个小时，好不容易见上医生了。医生说，那你先做个检查吧，就出来了。当天就见了医生这一分钟，回来发了个帖子——"医院枯坐七小时，只为医生宠幸一分钟？"

中国的人口问题进了妇保就显得格外严峻。

我过去一年见的大肚子和新生儿也没有今天一天见得多，到处是嗡嗡的说话声和小孩子哭哭啼啼的声音。所有穿着白大褂的人都有派头和不耐烦极了。你才张口准备说话呢，她就打断你说："没有问的你不要说！"

在这里工作的人，天天都看到这么多人，无数遍回答相同的问题，我看都已经接近崩溃的边缘。

不过我想这也无非是个定位的问题，人家餐厅的服务员，每天不晓得要说多少一样的话，还要忍受一些客人的无礼，下一次还不是照样笑脸相迎？这是本省最著名的妇幼医院，本地人生孩子的首选，但我无论如何不想在这里迎接你的到来。

我本不是一个病人，生孩子也是件喜事，可是到了这个医院就好像进入一个无形的巨大的场。这个场里的焦虑、埋怨、烦躁等等负面情绪会不知不觉地影响我，让我于不经意间已然低落。

中国的大医院家家都川流不息，人们已经习惯进了这些地方，都不把自己当成一个正常人了，尊严远不如健康来得重要。希望等你长大的时候，这一切都不再那么糟糕了。

虽说是专家号，人也多得要死，而且无序。我也不敢放心等着，怕有人插队，大家都挺着大肚子站着等着。

好在咱们是四号，很快就到了。专家是个上年纪的男大夫，也是不耐烦极了，一口地方口音也不容易被大家所理解，于是更不耐烦地对所有人呼来喝去，也是快要崩溃的一个。

　　他听了很长时间的胎心，神色冷峻，也不说话，从左边听到右边。我也跟着听，可是什么也听不懂，心里很紧张，好像面临审判的待罪羔羊。

　　后来他说听不出什么啊，还是去做个心电图吧。于是我就去做了个心电图，旁边有好多人在做胎心监护，那么多大肚子亮在那里，触目惊心！幸运的是，心电图当时就打出来了，而且看上去一切正常。警报解除！

　　趁着今天在这里，我又预约了一个三维彩超，都已经排到一个多月以后了，真恐怖。这是个自选项目，其实可做可不做的。不过身边的人都做了，又是为了较早排除发育异常，我也做一个，安心一点吧。

　　这个医生还矜持着不肯给我开单子，说三维彩超要至少六个月做才合适，现在还太小了。我耐着性子说现在开单子，等排完队做的时候就六个多月了。

　　很多人都是到这里来找专家或者更贵的名医来做例行产检的。排在我前面的人每次花八十块找黄牛买个专家号。

　　我在专家这里排队的时候，看到隔壁的名医馆（更贵的，适合更成功人士的）更是人满为患，甚至有个助手帮他听胎心。这样的话名医的意义又在哪里呢？

　　现在的人为了唯一的孩子肯花费的金钱和气力真是令人叹为观止，可是你斥巨资就是为了让个实习生给你听胎心吗？对于整个社会资源来说，我觉得完全没有物尽其用。

　　我没有接到医生关于唐筛结果的电话，那么风险应该比较低的，虽然医生拒绝告诉我具体的比例，不过说我是正常的。当我得知唐氏综合症平均发病率为1/600，而高龄产妇孕育的婴儿，发病率高5倍以上的时候，我真的感到庆幸，并且对你充满感激。

即使我让你来得这么晚，你也把自己弄得这么好。你真是一个好孩子。

你姨妈就没这么好运了，她一开始测出1：150，医生都建议做羊水穿刺了，后来换了家医院再做，又变成1：400多了。

羊水穿刺听上去是很吓人的，是拿针在B超下把羊水抽出来，做细胞培养或提取DNA，好诊断唐氏儿。

这个吓坏无数准妈妈的唐筛到底有多准确？模型建得有多科学？有没有在模型中引用有别于亚洲妇女体质的西方妇女的数据？我就不得而知了。

不管怎么说，结果往往是骇人听闻的。说你的宝宝有多大可能是唐氏儿，你害怕不害怕？！我到网上查了一下，发现为了唐筛结果哭一整夜，担心得睡不着觉的妈妈大有人在。这个唐筛，查出一个唐氏儿的同时吓坏了五百个准妈妈。我真的希望医学更昌明，手段更先进，让妈妈更放心！

第五节　男西瓜还是女西瓜

【第一百六十五日】

很长时间没有记了。

最近体重还是没怎么增加，怎么咱们的规律就是和人家不一样呢？真搞不懂啊。

你动起来也和以前不是很一样了，有时候很长时间都不动一下，不像以前那么活泼了。弄得我有点担心你是不是出了什么问题，不得不在肚皮上进行一番拍打，直到你动了我才放心。你爸说你和我一样懒，能躺着就不坐着，能坐着就不站着。不过上次我情绪不好的时候，你动得可真厉害，估计是被我吓着了。我想，咱们娘儿俩贴心，也是有的。

肚子像充气一样益发大起来，慢慢觉出负担的意味，站久了，路走长了就开始觉得难受。晚上睡觉，平躺着吧，觉得肚皮紧绷绷的难受，似乎表面张力已经达到极限。侧躺着吧，你好像又不舒服，不断地扭来扭去。我也不知你头在哪脚在哪，到底有什么不对劲，只好又平躺过来，你于是消停了。

你奶奶看报纸，又留出一张给我看，说多接触化学制剂的孕妇生出肥胖婴儿的可能性更大。化学制剂，那也就是做清洁用用吧。

我现在已经基本不大洗碗了，不过看到厨房要是乱糟糟的，那叫一个心乱如麻。那天强忍着做了一两个小时的清洁，用了些威猛先生，竟然觉得头痛欲裂。我想了很久，不行买个口罩，把橡胶手套也戴上吧，别再把你整出毛病来。

大家天天问我，想吃酸的，还是辣的。这两样我从小就都爱吃，是以"酸儿辣女"的说法在我这里是没什么意义了，除非解释为我从小就怀着要生龙凤双胞胎的远大志向。

还听说了好多种生男生女的理论：

1.肚子像西瓜的生女孩，像篮球的生男孩。

这是什么理论啊？谁的肚子能是那么标准的球体？白说！

2.经常呆在肚子左边的是女孩，呆在肚子右边的是男孩。

也无从分辨，因为你忽左忽右的，不呈现任何概率分布的态势。我甚至觉得有时候你都把手伸到我的胃里来了。

3.心率慢的是男孩，心率快的是女孩。

我刚好做过心电图，150次/分，算快吧？

4.喜欢动的是女孩，尤其是听到音乐以后。

你有时候很喜欢动，有时候很久都不动，目前还没有任何迹象表明这个规律和音乐相关。

5.肚皮上的黑线（肚脐以下）从上往下渐细的是男孩。

我看了，让你爸也看了，实在也看不出来……

在电梯里碰到对门的小朋友，他奶奶问这个阿姨肚子里是小弟弟还是小妹妹啊？他坚定不移地说"小妹妹"！

大家普遍认为小孩子在这个问题上是很灵异的。我有个同学的小姑娘，就是很漂亮的那个姐姐。她对这个问题斩钉截铁地回答：女西瓜！因为她认为大肚皮里都是西瓜！！！

最近吃的没有刚开始那么多了，体重增加也不多。睡前也并不觉得太饿，可是做梦依旧在吃东西。你说，梦会不会是一个人潜在的理想？所以那些没说出来的理想叫梦想？

牙龈在刷牙的时候开始出血，正符合这个阶段的特征。

这阵子三聚氰胺闹得沸沸扬扬，国内知名乳制品品牌纷纷落马，医院纷纷挂出肾结石宝宝的专项体检标志。

朋友说："幸亏你还没有生出来。"

还有的说："为了安全起见，现在可以开始养牛了。"

种种迹象表明，我的记忆力还在持续大幅衰退，反应还在日益迟钝。成天昏昏欲睡，别人跟我说了半天了，我才恍然大悟：哦，你在说这回事儿啊……耳熟能详的影视明星的名字，在嘴边竟然就是说不出来。好友的先生来了，我突然发现自己忘记了他的名字……

汗流浃背之际，我遭到了广大人民群众无情的耻笑。其实我自己也很不习惯的，我曾经那么敏捷，无论是思维还是身形。

还有一件重大的事情，你的小堂哥和他妈妈到咱们家来做客了。

你的小堂哥唇红齿白，小尖下巴，一双乌溜溜的眼睛，很漂亮，也非常好玩。

小堂哥说话不怎么流利，他妈妈让他叫我"大妈妈"，但是三个字的词组对他来说似乎有点困难。所以他叫妈妈是"妈妈"，叫我就成了"妈麻"，对亲和不亲的妈以示区分。

他对我们卧室紧闭的门后有什么，显然充满着无限的好奇心。每天起得特别早，六点多就在外面敲门，要进来玩。进来后就熟练地一撇腿一扭屁股爬上来，然后学着我的姿势，靠在我常靠的靠垫上，东张西望，一副沐猴而冠的样子。

看到床头我的一堆瓶瓶罐罐，赶紧拿过来，示意我给他打开。我给他弄一点润肤露什么的搽在手上。他闻一闻，很满足的样子。一回头又看到我扎头的发卡，也拉过来不由分说往自己寸草不生的头上放。我们都觉得好玩死了。

你爸爸看着他说：你给我生个这样的，就行了。

对一岁半的他的观察，又一次印证我"1—3岁的孩子是魔鬼"的理论。

1岁之前的孩子我觉得是很可怜的，有什么难受，有什么需求也说不出来，只能哭。会说会跑的孩子就不一样了，太危险了，必须每一分钟都盯着，要不他就会从沙发或者床上掉下来，或者把手夹在哪里，或者把头碰在哪里……

也不光是这么一种可怕。他在家里随时随地大小便，以至于他躺在床上的时候，我觉得就是一颗定时炸弹。吃饭的时候他拿起筷子和勺子在每一个够得着的盘子里一顿搅和或者使劲乱戳。抓住每一个触手可及的东西——然后麻利地丢到地上去。

太可怕了，你以后也这样吧？我现在知道，"你小的时候，谁给你把屎把尿"是一句多有震慑力的反诘了。

【第一百六十六日】

昨天有大学同学携夫人来访，我们几个同学聚会了一下。

他夫人比我们年纪小，是个年轻的妈妈。他儿子也只十个月大。他的小夫人是个很有意思的人，一说起孩子，满脸都是掩饰不住的幸福和骄傲。

她切切地跟我说："哎呀，等你生了自己的孩子，你就会觉得自己的孩子特别特别好。"过了五分钟又说，"哎呀，怎么那么好。"过了五分钟又说，"哎呀，真是怎么看怎么好。"

至此我相信乌龟妈妈和麻雀妈妈的故事是真的了，即使不是真的也有着无数生动的原型。

他们家养孩子，还真是精耕细作型的。比如，每天给孩子吃一个新西兰进口的猕猴桃，这也就罢了，可以理解。居然告诉我说他们家给孩子吃的不是一般的猪肉，是酸奶肉。我不知道什么是酸奶肉，她说酸奶肉就是吃酸奶长大的猪的肉。

真有这样的肉吗？那得卖多贵啊？我看肯定是噱头。后来我到网上查了一下，所谓酸奶肉，不是说吃酸奶的猪，而是往饲料里添加乳酸菌。而且就算真的给猪吃酸奶，也诞生不了任何奇迹。我看现在的人，能吃到不含瘦肉精的也就算不错了。

进口水果，我也不是多么迷信。进口水果都免不了长途贩运，而且买的人少，周转慢，多不新鲜。反正我觉得吃过的进口水果里，大半都不怎么样。倒不如谁给我发的一箱不上农药的新鲜有机蔬菜，山东产的，我看就很不错。

高唱着"我什么都要给孩子最好"的父母可多了，这样的心态最容易被利用。

"最"呀，世界上最大的沙漠是撒哈拉的"最"呀，得是多么严重的一个词儿，说用就用了，听了多么惶惑。用就用吧，都是对下一代怎么看怎么好，掏心掏肝砸锅卖铁的，从没听过谁说"我什么都要给父母最好的"。

这么一想，觉得有点心酸，父母的养育之恩难道不值得更好的回报吗？也许那个传言是真的，你最挂怀的，是你付出最多的，而不是给予你最多的。难道，儿女真的都是债务人，父母都是债权人么？就算伟大的母爱无敌于天下，难道一定要用进口水果和酸奶肉来表达吗？

世界是广袤的，在这么大的舞台上，的确应该给下一代提供更多认知的可能，更多发展的机会，不论是出于爱，还是出于责任。

我个人倾向于让下一代在成长的时候有健康平和的心态。就像梅尔·吉普森的孩子们一样，他们在电视上看到爸爸，完全不以为意，认为谁的爸爸都是经常在电视上的。名人的孩子不好当，能这样就算是平常心了吧，虽然也只是有限的几年。

我很希望把自己的孩子当成一个独立的个体而不是自己的作品来对待。我不赞成像《长江七号》里那样把裤腰带勒得都快成死结了让孩子上什么贵族学校。先不说符不符合实际，就说让一个穷孩子扎在那样的富人堆儿里，天天让人欺负，要想长得阳光，要想长得不卑不亢，那得多不容易啊？

第六节　腰酸背痛腿抽筋

【第一百七十日】

今天是第六个月的产检日，据说你已经有一斤多重了。听胎心，验血验尿，还是老一套。这次的胎心非常好，我把上次妇保的心电图又给这个医生看了一下，我们终于对你有力蹦达着的小红心释然了。

就是听胎心的时候，正听得好好的，突然没了，把我们都吓了一跳。找了好半天才发现你跑到肚子的另一边儿去了，也太淘气了。

医生对让我白白去看了一次专家也没查出什么有点羞赧的样子，不好意思地说："上次听着确实不太对劲，还是查一下放心的好。"

我可压根没从这个思路上思考过问题，只要是没问题我就高兴都来不及，甚至比从来没有怀疑过更高兴。什么东西，一失而复得，就显得比原来稀罕了。

我连忙安慰她说："有疑虑就应该排除，我们特别能理解！"

医生又说我的肚子太大了，还说她从来没见过我这样的，六个月跟七八个月似的。我彻底无语。

等下回咱们做了三维彩超就知道你多大了。医生每次都问我是不是记错了日子，顿时使我觉得一切又重新可疑起来，再问几遍，我连我是不是怀孕都不敢肯定了。

还有一个化验的结果要明天拿到，然后咱们把保健册拿回来，以后不去社区医院了。六个月以后要换个大医院检查，也要想想去哪家医院生了。

昨天我们去喝神医阿姨小女儿的双满月酒。神医阿姨看到我又给我号了一下脉，手搭在我的腕子上老半天，表情严肃，一会儿说是男孩，一会儿说是女孩。想想原来我没怀孕她都号出喜脉，也就作罢了。她也说了不准不负责的。我说好吧反正我也没给钱，权当说书听了。

席间还有一个阿姨说："看你比以前不知难看多少，肯定是男孩，我以前也这样。"然后自豪地看儿子一眼。

我郁闷地说："还好吧，脸上没什么斑啊痘的。"

她又看看说："倒是没起什么，就是整个人肿胀变形了，跟我那时候一样。"

这阿姨还说："你还不赶快把我儿子的照片贴到你们家墙上去？！将来也生一个我这么漂亮的！"我晕死……这些乌龟妈妈……

【第一百七十七日】

你爹生病了，在一顿酒后。这使我更厌恶喝酒这回事。他半夜的时候头疼都疼醒了，我挺着肚子陪着他在医院耗了一天，X光CT的都检查了一遍，也没看出个所以然，只说是颈椎骨质增生。

医生跟你爸爸说："你家里还有别的家属吗？"

"没有了。"一家三口，都在这儿呢。在CT室外给你爸爸排队徘徊了很久，看到门上贴的"孕妇禁入"，心里有点发慌，便安慰自己：我只是在门口站一站，许多的射线，都被墙挡住了的。

后来换了个医生看，又换到推拿理疗那里。每个医生都否定了前一个医生的诊断和药，然后大笔一挥，刷刷刷把自己的药又龙飞凤舞地开了一遍。

最后你爸爸和我捧着一堆可以当饭吃的药回了家，他吃了几天也不见好，动不动半夜就疼醒，有时候还闷闷地哼哼起来，可怜得不行。

平常都是爸爸照顾我们，现在爸爸病了，我们一定要把他照顾好。最近的工作还是特别忙，爸爸咬牙坚持着送我们上下班呢。

要换季了，秋天要来了。我的肚子已经很大了，如果天气骤然凉下来的话，我马上面临无衣可穿的局面。

你爹慷慨地表示我可以穿他的运动服。我才算明白为啥那么多孕妇都穿着男式运动服了。丈夫的旧运动服才是孕妇的标准扮相啊。你爹那几件衣服，还没有我的十分之一多。有这么一个机会能蒙我这样的财主不弃，看样子已经是受宠若惊了。

我刚称过体重，赫然增加了好几斤！我一屁股坐在床上忧心忡忡地说："完了完了，我要整个8斤的出来了。"

你爹兴致勃勃地凑上来："我要一个8斤8两的小子。"我晕，女孩肯定要6斤6两的了吧。我当然彬彬有礼地跟他说点播是收费项目。

我的背疼得好厉害呀，等我生完了，我也要去好好地按摩一下啊。

"等我生完了"是我最新的口头禅，是挂在咱们家墙上生津止渴的梅子。等我生完了，我也要去尼泊尔玩儿。等我生完了，我也要去做头发。等我生完了，我要吃好几斤大螃蟹。等我生完了，我要去那家用电磁炉的豆捞店大吃一顿……

现在弯腰也很吃力了。昨天剪了个脚指甲，憋得自己脸通红，气儿都上不来了，都快抓狂了。后面这几个月怎么过啊。转念又在想，那个二百多斤的谁谁谁，他平常是自己剪脚指甲吗？啧啧，也不知是怎么剪的。

我也想控制体重的，可是我还是做梦吃东西。土豆烧牛肉依然是我的最高理想。

灵敏度随体重增加继续走低。那天我站在走入式衣柜前良久，然后不得不问你爸爸："你知道我走到这里来是干什么的吗？"

上周末商场店庆，朋友拖我去逛街。我看也没有一件能穿上的，以后也不晓得能不能穿上，已经气馁了。还没逛5分钟，又觉得好困啊，又不好意思跟朋友讲，其实我好想回家睡觉。

趁现在还能动，我要赶快把家里收拾收拾，腾出地方来放你的东西，把你的小床接回来。

这几天你爹生病，你奶奶又不在。我们都睡不好，都觉得好累啊。

又听说了一个关于男女的新理论——虽然我也不信，虽然我也不愿去做B超，但是我对各种理论还是充满好奇的。

说是唐筛结果里的HCGmom值，小于0.5是男，大于1是女，0.5—1待定，据说准的不得了。我忙翻出来看了一下，我是0.6，真没劲。

【第一百八十六日】

你爹的头疼稍微好了一些，至少可以正常睡觉了。我因为背痛得厉害，就往床上铺了一个很硬的席子，也觉得好多了。要不然我们俩一个头疼一个背痛，面面相觑到凌晨四五点都睡不着，也太诡异了。

你的小堂哥在咱们家的每个角落都尿过以后，今晚也要离开了。不知道你以后怎么样啊，要不然每天换十几条裤子，仍然掩饰不住浑身的尿味儿啊。

最近越来越觉得吃力了，经常觉得胸闷气短，早上四五点总要醒一次，还必须坐起来，顺顺气儿。平躺着也更加难以忍受，侧卧吧，你在肚里叽里咕噜地动来动去，跟悟空进了铁扇公主的肚子似的。偌大的一个家，竟然放不下一张舒适的床了。

我开始倒计时，还有三个月，再忍忍你就出来了。结果遭到了所有妈妈的耻笑："切，你抓紧享受最后的好时光吧，现在想吃吃，想睡睡，等生出来后……哼哼，你会巴不得把它塞回去！"

我开始研究网上和书上的新生儿护理知识，以及要准备的东西，从婴儿指甲剪到暖奶器，从身上穿的到铺的盖的，似乎是非常繁琐和复杂的一个体系。我还打印了一些资料，准备给你爸爸和奶奶普及一下当代的科学育儿常识。

你爹呢，似乎撒着手就准备升级了，我看很有必要培养他的"新爸"意识，尽快进入战备状态。要不然就他那境界，穿衣服永远穿放在最上面的一件，以为干净的内衣和袜子就是从抽屉里自动生长出来的。

你奶奶呢，是俩孩子的娘，自然不把我们这种新妈放在眼里。这次你小堂哥来家里我也看出来了，上辈人因为有过去的经验，开口闭口就是"××就是我这么带大的"，确实是一件很容易引起冲突的事情。

实际上我还是凭借本能对这些经验提出了一些质疑，比如干吗非要给孩子捆蜡烛包，还拿绳子捆得死死的，把绳子都勒断了（想想你爸从小被这么捆着我现在都觉得造孽）——孩子的腿小时候就是弯的，长大自然就会直的，捆那么紧反而容易造成髋关节脱位。

一想起你出生以后不可避免的冲突，我的头已经大了，还有以后你的教育问题，旷日持久的。

你现在应该快两斤了，身长约38cm，据说我现在应该多吃谷物和豆类。

我在社区医院的最后一次检查结果已经出来了，现在是时候选一个医院建大卡了。

到哪里去生呢？这是一个问题。找个有熟人的医院吧，实在太远。近点的吧，人满为患，又怕到时候没床位。不过想开点儿的话，也就是生个孩子，又不是什么病，过去的人往往连医院都不去就生了。孩子要来的时候，那肯定是势不可挡的。

第三章　犹抱琵琶半遮面

好大一股胎气 你的月子抑郁吗？ 开合中西文化的裤子 小鱼现形记
说"不"的智慧 动了动了，宝宝动了 孕妇猛于虎？ 疯狂网上大采购
　　　　　　　　　　　　　　　　　　　　十二分急以后的B超
月嫂与婆婆不可得兼？ 糟糕，感冒 老爸记分牌
男西瓜还是女西瓜 人为什么要生孩子 出人命了 好大一股胎气 动了动了，
千呼万唤始出来 犹抱琵琶半遮面 小荷才露尖尖角 病如西子
　　疯狂网上大采购

第一节　彩超，三维的

【第一百九十一日】

上周五我又去了著名的省妇保，做了三维彩超。

虽说是提前一个半月预约的，到了医院基本还得重新排一次队。一堆家属排着长龙，边儿上坐了一溜大肚子。

此院地处闹市，你爹找地方停车去了，你奶奶一边排队一边懊悔没有早点来。到B超室外等候的时候，家属就不让进了。你奶奶是明显的家属，只好不甘心地在外面看着我。

前面的人做的时候，我也侦察了一番，可惜电脑屏幕一片花花绿绿什么都看不懂。别人的报告我也好事地过去看了一下，依稀有一张放大的人脸。

排了两个小时，做了十几分钟。做B超的女医生跟旁边的男医生谈笑风生，就是无论我说什么都不搭理我，就像我是一堆空气，或者是根本不配发出任何声音的贱民。

最后做完以后我又问她"没有什么不好吧"，她这才恼羞成怒地跟我甩出一长串话来。因为有医学术语。因此无法重述，但可以判断大意是什么什么疑难杂症并不能完全看出来的，我看不出来你也不该把我怎么样的意思。

我很惊异于她的态度，我觉得这完全是宝宝有病没有查出，父母上门兴师问罪时候的对白，怎么现在就说出来了。

不耐烦我也要问，哪个母亲不想早点听到自己的宝宝没事呢？不过话里那意思，现在是没瞧出什么毛病，所以我到底还是高兴的。

这也更加坚定了我不在这家医院生孩子的决心。这里的医生根本觉得病人的存在就是错误。到很多大医院看病，看病所带来的痛苦基本快赶上疾病本身的痛苦了。听说这里连睡在走道上的病人也是要托关系才能进来的，不知道是不是真的糟糕到这种地步了。

我久久地钻研B超结果上你的脸，似乎B超单上每个胎儿的脸看上去都差不多，可以分辨出五官，实在不足以判断长相。你似乎有一张不小的嘴。

你阿姨说："你这么说，是因为没有带着感情色彩去看。我当时看女儿在B超单上什么样，生出来就是什么样。"我没有吗？我分明有！

B超的结果还要等下次产检的时候拿给医生看。我自己上网去查了一下27周的数据。双顶径6.9cm，股骨长4.2cm，都是十分标准的。胎位竟然是横位，羊水3+cm，似乎不多。

我很不能理解，你似乎也不大，羊水也不多，那么我的肚子里满满当当的是什么啊？总不能都是肥肉吧。自己郁闷了一阵子，转而一想，宝宝的尺寸正常，说明发育得很正常。这是好事情，我在这儿瞎失落什么呀，果然是怀孕以后人都变傻了。

我现在越来越觉得你是个女孩了。根据各种不同的猜想和理论，你胎心又快（这次都到161了，不知道是不是我喘不上气影响供血的关系啊），胎位又是右边横位，简直就没什么是男孩的依据。

我把这一最新的推测告诉你爸爸以后，他若有所失地说："那有人陪你逛街了，没有人陪我打篮球了。"

这次在妇保很领略了一些孕妇的风采，她们从后面看根本看不出是孕妇，前面看也不过像塞了个枕头，进退之间依然顾盼生姿，我很羡慕。

我准备认真地给你起几个名字了，虽然说肯定到最后一刻才能决定。

最近的吃力让我开始对先前那种要一直战斗在革命第一线直到阵痛发作的想法产生了怀疑。还有一个月的时候我就回家了，到底还是跟一个人肚子前面挂一个大西瓜不一样，把自己看成一直在田间地头劳作直到生产的妇女有点高估自己了。

最近我因为育儿观念的问题，在家说话的时候不耐烦，再次遭到了你爹的批评。我一定要好好地磨炼自己，不能改变多少命运，也要增加一些耐心。

其实我想暴躁的人本质上说性质是脆而硬的，当事情不能如自己所愿的时候，像雷霆一样发作只不过是暴露了自己的不知所措和无能为力。

王小波说，人的所有痛苦，归根结底是对自己无能的愤怒。就是这样，强大的人总是积极和乐观地改变生活，而不是到处乱发脾气让别人也承受自己的痛苦。

我隐约觉得，你的脾气也是像爹爹的，慢热，温吞，但是体贴，基本不给娘添乱，将来是有希望成为好青年的。

【第一百九十二日】

自从我觉得你是女孩以后，我就开始叫你"宝宝"了。你爹还不思悔改地叫你"儿子"，被我制止以后还狡辩说：女儿女儿，就是女"儿子"的意思。

现在他又想要一个六斤八两的了。真是的，就是菜市场去买肉，熟练的屠户下去一刀也要差个一两半两呢，别说我暗无天日地在肚里养个孩子！

如今赌男赌女的赔率已经相当接近了。在我以专家身份对外公布我的预测以后，已经有人来给你提亲了。

我想了想，万一我猜错了呢？我这人又没什么赌运，几十岁的人了也就在超市摸中过一次小奖，于是我就没有收彩礼。等你生下来以后，让你爸用你的生日买个彩票，看你天然带不带点财运。

胸闷还是有一些，不过已经不很严重。晚上睡觉我习惯性地平躺过来，迫于压力不自觉地用嘴呼吸，搞得早上醒来以后嘴巴干涩咽喉生烟。

时间过得真快啊，马上要七个月了，然而有时半夜从各色奇奇怪怪的梦中醒来，我会突然忘了自己已经怀孕，直到自己的笨重提示自己——梦里不知身是妈，一晌贪睡。

我在网上买了两本书，一本是孙瑞雪的《爱和自由》，一本是萨提亚的《新家庭如何塑造人》。书到得实在是太慢了，幸好今天终于收到了。

你奶奶认为看这个太早，我想至少理理思路吧，反正技不压身呀。

现在我还有看书的时间，以后你牛出来了，可能就没时间了。

【第一百九十四日】（1）

看了被这么多人奉为圣经的《爱和自由》，反而觉得它盛名之下，其实难符。也可能是江湖传言太过汹涌，以至预期太甚的缘故。也许是那种圣经的意思——祷告的时候念一念，有病了还是去医院而不是翻圣经。

大意是要爱孩子，让孩子也学会爱，而不要扼杀孩子的天性。让孩子自由地成长，而不是把孩子培养成一个一味顺从的人。这应该说是全书的核心。

这本书所要贯彻的理念，我是非常认同的。实际上，我们这一代人，至少我身边的人，完全可以从自身的成长经历领会到传统教育模式的弊端。比如我，在成长的过程中迎合和顺从的意味那么明显，以至于成年后我像一只小狗，再也没有一根骨头扔来的时候，我的生活一下子没有了目标。

从书中我学习到了一些很有道理的知识点，应该可以帮助我以后避开一些误区。

比如，蒙特梭利说："智力中没有一样东西最初不是来源于感觉。"趁孩子全神贯注地关注某一件事情的时候因势利导，而不是一厢情愿地觉得到该学习什么的时候拼命重复孩子完全没有兴趣的东西。

这一点你小堂哥来咱们家的时候，我也发现了。比如吃饭的时候，他会很好奇地看着灯，好像很奇怪这个东西为什么会亮。这时我说"灯"，他就很开心地指着也说"灯"。但是如果把看图识字拿给他，

——指认，他往往表现得很漠然。

再比如，提供给孩子的信息要简洁，废话一定不能多。我们都常见的那些看图识字的图。"a"就画一个小孩张开大嘴，"o"就画个大公鸡。像书里指出的：其实小孩和a、大公鸡和o的联系完全是成人式的逻辑，小孩子只会被颜色和形状方面各种复杂的信息搞糊涂。以前我对这些东西司空见惯，今日听闻茅塞顿开。

然而，我对此书还是有一些失望。最大的失望之处在于：书中罗列了大量简单甚至重复的例子来说明"爱和自由"的主题，但只是一味地说服你"要爱，要自由"，可是如何化理念为行动，这本书给出的指导意义没有我预期的那么高。

书里不止一处提到这么一个例子：一个孩子到外婆家，想开草地上的喷头玩水，但是很害怕，有些犹豫。因为保姆告诉她不可以玩水，即使外婆让她玩，她也不能玩。

作者写道："在这件事情上，她已经是保姆的奴隶了。她的人格已经被偷偷地替换掉了。"

"这个孩子以后会怎样？这个孩子如果长久地受到压抑——自己压抑自己，她的人格和能力发展会有非常严重的障碍——这种压抑一定是连续性的行为，它不可能是偶然的。"

还有关于打人的，比如说两岁多的孩子打人，父母就说"不许打人，不可以打人"，他知道这叫打人，好了，他兴奋了，开始真打人了！孩子没有什么恶的意识，除非成人不自觉强化它。

再就是关于提醒的，在蒙特梭利幼儿院只有三种情况被禁止：一种是干扰别人，一种就是粗野和不礼貌的行为，另外就是拿别人的东西。只有这三种行为是被严厉禁止的，这个禁止不是靠惩罚，而是靠提醒孩子。

作者带孩子在馆子吃饭时，孩子站在椅子上大喊"妈妈。妈妈"。作者赶紧过来说："嘘，公共场合不可以大声喧哗。"他一听赶忙坐在椅子上，不再大叫了。

作者说："这个时候，他表现的是顺从，他具备了自我控制的能力。"

我摘了这几个例子，因为它们关乎自由和压抑。

自由是什么？自由是感觉不到的。我们能感觉到的，只有不自由。如果你感到非常自由，只能说明你曾经是多么的不自由。我素来不相信有什么绝对的东西，更别说是自由了。自由应该是睡着了的那个8，只能无限趋近。我们自身也没有具备绝对的自由，也不可能，也没有能力给任何别的人绝对的自由。

从这本书里也可以看出，对孩子不可能完全不加以约束。是的，提醒比惩罚、训斥要温柔得多，但不改变其约束的本质。

那多少自由是合适的？孩子是绝对不能惩罚的吗？自由和宠溺的界限在哪里？约束和压抑的界限在哪里？如何让孩子在有些事情可以做，有些事情不能做中分辨出世界的秩序而又不丧失自我呢？

假如第一个例子里，保姆告诉小女孩的是不许玩火呢？我不知道是应该让小孩子玩火呢，还是"提醒"孩子火可能造成危险就不算压抑呢？如果提醒了没有用呢？不许孩子玩火，孩子也会"长久地受到压抑——自己压抑自己，她的人格和能力发展会有非常严重的障碍"吗？

如果孩子打别的孩子，我能不去管他，不能提打人这个词吗？这样他就不知道什么叫打人吗？什么时候孩子的顺从应该使我警惕是否压抑了孩子，又是什么时候孩子的顺从可以让我欣喜地感叹"他具备了自我控制的能力"？

爱是一定的，可是如何去爱？

自由是美好的，可是在禁锢与保护之间何去何从？

我很迷失。看了书我依然迷失。

"蒙特梭利说，我们必须严格避免抑制孩子们的自发活动，显然这是指在行为上给孩子自由。孩子们有了自由就能选择自己感兴趣的东西。因为是有兴趣的，孩子就会反复做那件事；在这样反复练习中，就会产生专注，也会产生有序。因为长久的专注，儿童会逐渐地感知和把握事物的规律并顺应这种规则，最早的纪律形成了。"

我的问题是，这样的纪律就够了吗？

我不是什么育儿专家，但冒天下之大不韪地说声：看完通篇的感觉就是矫枉过正。对自由呼唤的那么竭力，反而失去自由本身的恬淡和自然，连我这种自由分子都觉得有些言过其实。就跟全国人民黄金周挤得头破血流去拼命"休闲"一样，我们休闲得那么精疲力尽，我们自由得那么孜孜不倦。

书中大量提到蒙氏幼儿院，而其他的幼儿园则被称为普通幼儿园，两者的描述和评价判若云泥。坦率地说，我闻到优越感的味道，真理在握的优越感的味道。

我觉得世界其实是很大的，蒙特梭利幼儿院只是小小的一部分。大部分人都是普通人，上了蒙特梭利幼儿院也不会例外。我不赞成轻易神化，更不赞成轻易妖魔化。

人类对于任何领域的探索和认知都不曾间断，现在我们嗤之以鼻的很多理论，在过去却披着真理的外衣。诚如作者在前言中写道："在爱孩子这个问题上，我们不能以现有的经验对待孩子，因为现有的经验早已过时"，那么焉知这本书中的经验在将来会不会过时呢？

事实上，作者在一些细微的地方，也已经颠覆了蒙特梭利本人的说法。从这个意义上讲我还是觉得虚怀若谷的心态更有利于兼收并蓄，去伪存真，在探索的道路上永不止息。

【第一百九十四日】（2）

把孩子管成小大人儿，是件挺可悲的事情。孩子么，就应该有童真。

我有时候看电视上儿童节啊什么的，小孩子出来表演节目，通常龇着一口小白牙，可能是想做出老师规定的欢快表情来着，歪着头用手指着腮，或者手拉手从左晃到右，再从右晃到左，大一点的又满口歌颂太平盛世的大人话，就觉得索然无味，就情不自禁地想起你阿姨说的——中国的小孩子，连可爱起来都是一样的。

被宠得无法无天的孩子，我也是见过的。有一次去一个亲戚家，我和她说话的时候，她的孩子在看动画片。他嫌我们太吵，于是回头对我们说："闭嘴，别吵了！"

不是亲见，我几乎不敢相信有人真的把孩子惯成这样了。孩子的父母坐在一旁，表情尴尬，但是什么都没有说。我也表情尴尬地说了几句收尾的面子话，就准备走了。

哪知这几句话又让小朋友勃然大怒："让你们闭嘴了，还在这里吵！"最后我灰溜溜地向皇太子告辞了。

还有一次，一个朋友带孩子到家里来吃饭。在我们吃饭的时候，这位小朋友对桌布发生了极大的兴趣，开始忘我地撕扯起来，扯得桌子上的碗碟都要跟着掉下去。父母的制止也全无效。

父亲感到很生气，就踢了孩子一脚。孩子于是在地板上打着滚大哭起来。他母亲很心疼也很生父亲的气，最后两人在我家吵了起来。我们在旁边不知道怎么劝。

父亲很恼火地说："在家里爷爷奶奶妈妈全都千依百顺地护着，我管根本就不听。"看样子成年人在对待孩子的态度上最好是一致的，要不然孩子很难形成一致的观念。

哎呀，我以后要是碰上这种事情咋办？我可不想到别人家的时候才给你一脚。

隔代养育的问题，我也有点担心。他们以后无疑也是你成长环境的重要组成部分。早听很多人讲过，隔代养育有多少多少弊端，但是我又狠不下心回家专门当孩子妈，再说全职妈妈也是治标不治本的。

上次你小堂哥来的时候，全家和朋友一起出去吃饭。小堂哥刚睡醒，还懵懵懂懂的。爷爷奶奶就大声发出各种指令，让小朋友把他目前掌握的各种技能都表演一遍。其实也不过就是你说眼睛，他指指眼睛，你说耳朵，他指指耳朵之类的（分不清眉毛和头发其实是最好玩的部分）。因为是小孩子，所以显得格外可爱。

然后像鼓励马戏团的小猴子一样，大家纷纷予以亲切表扬并进行投食。饭局散了以后，爷爷奶奶总结：这孩子，今天很给爷爷奶奶争光。

我忍了忍，没有忍住，还是说了："孩子不是用来给谁争光的，这个观念你们现在就可以改一改了。"

话说得有些粗鲁了，不过我确实觉着逗孩子玩儿虽然是顶好玩儿的一件事儿，可是炫耀孩子是一个不好的倾向。应该培养一种观念：一个人的面子也应该靠自己取得，如果不是，只能说明这个人是不独立的。

　　你想，如果我们都有义务照顾别人的面子，那么当孩子说"爸爸，你以后开这辆破桑塔纳来接我的时候，停得远一点儿"的时候，你拿什么来应对呢？当你跟孩子说"林肯像你这么大的时候，是个非常好的孩子"，孩子回答说"林肯像你这么大的时候，已经是美国总统了"的时候，你拿什么应对呢？

第二节　好大一股胎气

【第一百九十九日】

　　经过一番考察，选定了要生你的医院——离家近，人相对不算太多，医护人员态度正常。以后咱们就不去社区医院了，改到这里来产检了。

　　上周末我去那里做第一次（28周）产检。医生飞快地扫视了两眼我在社区医院的各种检查结果，然后"哗哗"全给我撕了，又"嗖嗖"地给我开了五六百块的化验单，把我们再重新彻查一遍。护士汩汩地抽了我四五管子的血，把我心疼得——这得你爹给我煮多少个鸡蛋啊？（你爹一旦要给我吃什么好东西了，必学郭达在那个小品里用河南话说的——来来，王会计，吃两个煮鸡蛋。）

　　这个医院我也不太熟悉，折腾了整整一上午，全部的化验结果要这周才出得来。我也就只有先回家了。这家医院的医护人员态度确实比妇保要强多了，还可以与患者（我们其实是孕妇而已，不能叫患者）进行正常的问答。早知道这家医院也有三维彩超，我连彩超都不去妇保了。

反正你就是你，在哪生都还是你。

　　我已经重了快35斤了，医生都让我控制体重了，但是保健册上的体重是我根据咱们家的秤写的，可能比医院的秤轻好多。所以体重增加应该也不像看上去那么急剧，应该还不至于要咱俩忍饥挨饿吧。

　　你爸爸对我胖乎乎的样子很满意。这阵子他瘦了十几斤，看我每天企鹅一样挺着肚子走来走去，优越感油然而生，对目前的家庭局势不禁大为赞赏。

　　不幸的事情是上个月我看到孕妇牛仔裤五折就赶快买了一条，谁知正经要穿的时候，竟然——已经小了！！！天天勒得我喘不过气！气得我把裤子的肚皮剪开，自己剪了一块莱卡棉缝了一块补丁，才算有点解放的感觉。看样子，孕妇装也不能买得太早呀。

　　你爹的病情又有了新情况，晚上看东西出重影了。不过你爹真是个好同志，还是来接咱们下班，晚上吃了饭，还是陪咱们散步。我捧着肚子，你爹拉着我的手，都慈眉善目的，恨不能我左脚刺上"模夫"，他右脚刺上"范妻"。总碰见些遛狗的把各色的狗牵在手里，他们遛狗，我们遛你。

　　"素花偏可喜"的栀子花开过了，"天香云外飘"的桂花也开过了，等"凌寒独自开"的梅花开的时候，你就要出来了，真快呀。

　　昨儿个晚上看了个方言剧，叫《良方》。里头有个小孩儿，爱打游戏，偷钱，还不爱惜粮食。

　　他妈妈是个卖菜的，为了教育他，决定让他自己去卖一天菜。并且答应他，无论赚多赚少，都拿去给他打游戏。他就身揣25块钱，骑着大人的二八大车，后边儿驮俩大筐，一大早就出门了。

到批发市场进了两大筐西红柿，一天的坎坷自不必说了：路不好走啦，张不开嘴吆喝啦，被不良青年白拿了西红柿啦，卖得便宜被别的小贩子数落啦……也有好心人，别的菜贩看他不会卖就带着他。还有搞笑的事儿：一家有个俊俏的小姑娘，让他便宜点儿，他9毛钱进的5毛钱就卖给人家了，小小年纪就色令智昏了！简直笑死我了。

后来辛苦一天回到家，妈妈点了点钱，比25块多几毛，妈妈就让他拿去打游戏。他低着头说不去，别的小伙伴来叫也不去，后来趴在墙上背对着妈妈，呜呜地哭了。

电影有点程式化，但场景语言都超级写实，我挺爱看这种片子的。我对未成年人从事经营活动有些疑虑，不过想想这个当妈的挺有主意的，也舍得孩子出去历练，让他知道生活的不易。将来我不知道行不行，话说这世道也越来越乱呢。

【第二百一十三日】

这周五又要去产检了。天也凉了，衣服穿得多起来，上秤的话，医生肯定更要批评了。

你爹还在像喂猪一样拼命给我准备吃的，让我带到办公室来吃。前一天倘若剩了，我也不敢跟他说——他势必要横眉立目，而下一天新的吃食又源源不断，如此循环往复，我的桌子上就跟个杂货水果铺一样精彩纷呈。你爹真不愧是你奶奶的儿子啊，饲养员世家出身……

上周末你爹和我到咱们家附近的婴儿用品商店去考察了一番。回来我又在网上比了比价格，下次我再到商场去看看。实在是琳琅满目品种繁多，光奶瓶就有那么多种，那么多牌子，排气不排气的，塑料的，玻璃的，大的，小的，宽口的，窄口的……简直无从下手。太多的选择绝对会让顾客迷失，这是真的。

新生儿的衣服可以用寸缕来形容吧？在实体店，一套丽婴房的全棉衣裤要二百上下，黄色小鸭要一百上下，质量和款式看上去也是如此的一般……再往下的，看着就比较粗糙了。这性价比也太低了吧？拿孩子赚钱，可以无情到这个地步么？

马上就8个月了，我对分娩开始感到焦虑。确切地说，我一直都很焦虑。这是一件很重大的缺乏过去经验的事情。我经常做梦我已经生了，而且还一点儿也不疼，醒来才发现大大的肚子还在。

圣经里说，上帝为了惩罚夏娃偷吃了苹果，所以让女人承受分娩的痛苦。我对分娩的全部了解来自影视文学作品和道听途说，大部分都很恐怖。

疼肯定是要疼的，到底有多疼，我也不知道。我觉着自己一点儿都不勇敢，也不打算在你面前逞强了。

我是很钦佩有着我不具备优点的人的，比如热情，比如勇敢。顺产无论如何也是比剖腹产好的，这个甚至都不用从医学角度论证了。本来也是个水到渠成瓜熟蒂落的事情，非要生生拉一刀拿出来，多吓人啊。

我粗粗算了一下，身边的人顺产的最多一半，其他的人都是因为各种各样的原因挨了一刀。有挑8月8号去的，有胎位不正的，有羊水早破的，有脐带绕颈的，有胎盘老化的。

从这个角度看应该感谢医学昌明，过去的人都说女人生孩子就是在鬼门关里走一遭，现在一般都是母子平平安安的。据你奶奶说，一度还有个可笑的理论：说剖腹产的孩子聪明，而且名额有限，大家一度竞相剖腹。

似乎不同个体对这件事情的感觉差异是很大的。有很多人都跟我说过，你就别受这二茬罪了，我疼了那么久都生不出，最后没力气只好剖了，还不如直接就剖！也有些人非常年轻，母亲和胎儿的条件都非常好的，跟我说，没有传说中那么夸张，还是可以承受的。

　　在无所适从中，不得不说，你姨妈是对我影响最大的一个人。女人对待分娩的态度本来受女性亲属的影响是最大的。你阿姨我一向敬重、信赖，我觉得她比我踏实，有责任心，是一定会为自己的宝宝尽到最大努力的那种人，绝不会随随便便，或者8月8号去要求医生剖腹的。

　　但是在这件事情上，她也给了我深重的负面影响，加重了我的焦虑。她最终经过努力没有能顺产，并且好像有严重的产后抑郁。一接电话就哭，弄得我们都不敢给她打电话。我挺紧张的，到底发生了什么啊，竟至于斯！

　　我还真是挺替咱们俩担心的，不知道到时候会怎么样。我都怀疑我潜意识里期待着医生来告诉我胎位不好什么的，必须剖腹。一边又十分的唾弃自己，那么多人都自己生了，就我在这里早早地打退堂鼓。

　　归根结底啊孩子，这事情跟世界上很多其他的事情一样，知道是对的事情，应该做的事情，即使害怕，也还是要努力去尝试的。只要医生觉得一切都好，我是无论如何要努力一下的。

　　我有一个好朋友，三年前顺产一个男孩，我一直很仰慕她的。因为那时候她一早就放出话来："我当然要自己生的，一个女人这辈子连孩子都没生过，那还叫女人吗？"后来真的是自己生的，孩子还不小呢。

　　我已经诚挚地向她发了邮件专门请教这件事情，看有什么秘笈宝典没有。现在准备从善如流：一是加大活动量，多散步多做操，不负重

（负你除外）的情况下都不使用电梯了，二是准备买一张分娩的碟片来看看，免得彼时太无知。

上周在电话里得知，你姨妈家的小表姐20个月大，口齿已经很伶俐了，听说她自己也很享受表达的乐趣，跟吐泡泡似的把字一吐一长串儿，很有成就感的样子，而且知道用小马桶上厕所，知道抽屉夹手，插座有电。到了桌子角那儿，指着跟妈妈说："碰头！碰头！"简直听得我泪如雨下，这不就是我的理想吗？你啥时才能到这个段位啊？

【第二百二十日】

越来越吃力了，我好像比过去重了四十多斤了。一口气已经难以支撑到9楼10楼，必须中间歇个一二三回的。身上也说不清是胖还是肿，感觉总像刚从游泳池出来的那个瞬间一样沉重。

我细细地回顾怀孕的过程：先是腰带紧了，于是我放弃了腰带。后来戒指紧了，于是我放弃了戒指。后来手表带都紧了，于是我放弃了手表。现在连袜子和鞋都紧了，但我感到实在无法放弃鞋袜，于是忍着。隐约记得很久以前谁说过——这是胎气。那我不得不说——好大一股胎气。

站或者行走得久了，脚会很疼，让你爹给我按一按。手艺真是差得要命，又不惜用蛮力来补足，以显示自己态度还是很到位的，结果按得你都在我肚子里都拼命动起来了。

你不知道是懒呢，还是沉得住气——也太不喜欢动了！那天办公室有人来维修，拿着冲击钻在墙上钻，左邻右舍纷纷疾走，避之唯恐不及，你呢？岿然不动！

同事说：你这孩子，真是泰山崩于前而面不改色。我忧虑地跟你爹说："冲击钻啊……这孩子听力不会有什么问题吧？"

你爹相当自信地说："这不是听力的问题，这是定力的问题！"我不知道，反正我赶紧带着你逃离了施工现场。

我总结出你胎动的规律如下：

整个早晨几乎都在睡觉，几乎没有任何反应。

午饭前要动，估计是饿了，我把它理解为饥饿带来的烦躁。午饭后也要动，我把它理解为我吃饭后血糖升高带给你的欢快。

睡觉前再动一阵子，这个像我，夜猫子。

凌晨会跟我一起醒来，不明所以地再动两下。

对我的情绪变化好像很敏感，比如特别生气，受到惊吓等等。

我又开始觉得你是个男孩子，性格像爸爸多一些，虽然腼腆，慢热，但是温存，体贴。

任何姿势睡觉都依然不妥当，我很郁闷。侧着睡你无论如何都要动来动去地抗议，平躺着睡无论如何都喘不过气，偶尔鼻塞则呼吸困难。凌晨总是醒来，难以再次入睡，早上总是在你爹的呼唤声中百般痛苦地爬起来。

必须指出的是经过这段时间的爬楼，心肺功能似乎还是得到大幅加强。至少白天不再胸闷气短，夜晚醒来，发现自己竟然还是平躺着的，呼吸粗重，但依然均匀。

上周末本该去产检的，一直有事，拖了好几天，索性这周末再去吧。

你的小床已经运回家了。由于原始的图纸已经没有了，我也不好意思再让人家到家里来给装。我对于你爹能否把这床从一堆铁还原成能睡人的床表示担心。这张床带摇篮，很深，还有一个活动的挡板，在我这样的人看来，已经是很有技术含量了。

　　幸运的是爷爷来了，在一无技术资料，二无专家的情况下，仅仅拆装两次，就攻克所有的技术难关，把床装好了。我顿时对老工程师肃然起敬。

　　你奶奶开始给你准备小被子和小褥子了。我听说那种有一边可以放下来拼在大床旁边的木床是很实用的，特方便妈妈照顾孩子，可惜人家给的这个不是这样的。

第三节　疯狂网上大采购

【第二百二十九日】

上周末去产检了。我一早赶去，都挂到39号了。护士不让我排队，让我去外面等着，很讲原则的样子。

等了俩小时，医生测了腹围，听了胎心，两分钟就把我打发了。我一腔的严阵以待扑了一个空，真想吆喝两句：真不要拿点血什么的化验化验吗？别客气呀。

边儿上两个孕妇，一个羊水破了，一个羊水过少，都要赶紧联系住院剖腹。我在旁边紧张得不行，攥着拳头替她们使劲，这也算直击现场了吧。

等待的时候，无数比我壮观的肚子不断从眼前飘过，看看自己的，又觉得自己还是很灵活的。突然几个形迹可疑的妇女热情洋溢地扑了上来，往我手里塞了一堆东西就赶快跑了。我定睛一看，都是母婴用品和月嫂的广告。我说嘛，无事献殷勤，非奸即盗，不奸不盗也是惦记你的钞票。

你奶奶一直坚决反对请月嫂，坚定不移地认为这些花了几千块请到家里来的人，都是混饭吃的。而且不知听了哪里的传言，回来很鸣不平地说：早上要洗澡，晚上要洗澡，还要别人做饭给她吃。想来想去益发觉得自己有理，就再补充一句：又不是一分钟不停地干活！

我哭笑不得，合着月嫂来了，家里的骡子啊马啊这些大牲口都该歇了。这是月嫂还是包身工啊？

你爹打听了一下，过年前后生的话，还要加一千块呢，那就少说也要四五千块一个月了。这下我都觉得贵了，别说你奶奶，让她知道了更加不可能同意了。

怎么办呢，我觉得照顾产妇和宝宝是很细碎的活计，男人基本是指望不上的。你奶奶纵然指望得上，可我也不知她的身体吃得消吗。

我们要的小床好像很深，又是铁床，我感觉以后你在里面扶着铁栅栏照张相，可以命名为"插翅难飞"。这要从里头抱个孩子出来跟海底捞月似的。我准备找几个纸箱子垫垫算了，到时你睡在一堆纸箱上不会有什么意见吧？我怎么想起了初中政治书上曼哈顿街头盖着报纸的穷人？

现在我上班来不及爬楼梯而坐电梯的话，一到电梯口，保安就紧走几步，为我按下电梯，然后垂手肃立，目送我进入电梯。

有一天早上我一个人带着你在吭哧吭哧爬楼梯，走到中间喘不上气了我就停下来歇歇。听到后面有轻快急促的脚步声，我赶快让到慢车道把超车道让了出来。一个小伙子走过去了，又回过头来很担心地说："你还爬楼梯啊？"

走几步又回过头来说："那你慢慢的啊，要小心一点儿。"

都是素不相识的人，体会到他们的好心，我觉得人世间还是有很多美好的东西值得来走一遭的。其实我觉得我的肚皮相当结实，有时候小跑几步都没什么问题的。

我网购的碟片业已到货。《新生儿护理与体格检查》又把我忽悠了，还是什么医学音像出版社的呢，标价50大元。说是培训医护人员的，其实就是给孩子洗洗澡，按摩一下。

不过医院洗孩子看着跟洗菜似的，水龙头下面冲冲。我看了也觉得放松一些，也没我想象的那么脆弱嘛，都可以这么冲的。

还买了本《分娩实录》，封面看上去很吓人，跟恐怖片似的，先不看吧，免得过早受到惊吓。还有两张《轻松分娩操》，我先操练起来。

我已经看好很多你要用的东西了，准备过半个月就下手。

上周我又做了个很奇怪的梦。梦到肚子里的小孩不停地动，动得那么厉害，简直肚皮都要撑破了。后来一个小男孩从肚脐眼里钻出来，扑到我的怀里，还在我脸上亲了一口。我一看，白白嫩嫩好漂亮啊，正要仔细端详呢，怎么脑门上没头发？也不白了。急得我一下子醒了。

我做了两回生男孩子的梦了，我自己也倾向于你是男孩子。要是女孩子，你也太不敏感了吧。不过我可能像很多人一样，分不清自己的感觉和愿望，并且又从灵魂深处对自己可能在性别上有倾向性进行了深度的剖析和狠狠的批判。

为人父母么，就该无条件接受孩子的任何可能，不论男女、高矮、胖瘦、美丑、健康或是有病。因为这个孩子，完全是出于父母的意愿才来到世界上的。据说，等一个人成了父母，也自然就会这样的。

【第二百五十日】

最近实在实在是太忙了，没有时间记，只能抽空写个纪要了。

一个是上周去产检，又做了一次B超。其实我觉得多余的，因为生的时候肯定还得再超一次的。结果是34周的双顶径是8.9cm，脐带绕颈一周，医生说已经半入盆，胎位是好的，可是头有点大。我又上网去查了一下，似乎8.9也是在正常范围内的，只是靠上限了，那应该也不是多么惊人的事情吧。我看到还有9.3cm的呢。我就是担心我给你买的帽子有点小了。

　　我夜以继日地在网上给你买各种东西。我到很多网站去参照那些过来人列出的各种清单，一一搜索，现在终于准备得差不多了。

　　我一边享受网购的价格低廉和迅速便捷（要不我不知道要挺着肚子往外跑多少趟），一边也深受仅凭照片购物之苦。比如你的浴盆，卖家拉出横幅说是超大浴盆，我收货后一看——怎么这么小？一量尺寸，长比卖家说的短1.5cm，宽要短出3cm。晕死，就算是1—2cm都是测量误差，这个也差得多点儿吧。

　　这么大的东西，简直没法儿退。我去找她理论。她说要去仓库量一量。第二天说不好意思我们量尺寸的人不够仔细，长度少了一点儿。问宽呢？对方顾左右而言它。

　　我说你用的什么度量衡啊？答曰："卷尺。"

　　我说我用的也是卷尺啊，你还管这叫大浴盆，还说你家宝宝可以用到4岁，请问浴盆里除了宝宝还有水吗？她丝毫不理会我的讽刺，认真地说：有啊！最后纠缠了一阵子，退了我10元了事。

　　我的大量网购，正是从怀孕开始的，因为要给咱们俩准备的东西实在是太多太琐碎了。网购很影响一个人的消费习惯和心态。我经常为在淘宝省了5块钱而沾沾自喜，而买的基金都腰斩了也无动于衷。

　　有时候停下来的时候也会想，我的生活方式是不是出现了问题？对花钱的兴趣远大于挣钱的兴趣，难怪我富不起来。

我还到处制造紧张空气，宣称我有强烈预感，我会先于预产期生产。其实我是为了让你奶奶和爸爸都紧张起来，把尿布啊褥子什么的都早点儿准备好。

我希望到9个月的时候，一切都准备就绪。我的待产包就放在脚边，你的小床就在我们的大床旁边。一到传说中的什么10到15分钟宫缩一次的时候，我们拎起包就去医院，然后过几天抱着你回来，款款放在整整齐齐井然有序的小床上。

你爸突发灵感，给你起了个小名，叫"小鱼"。我觉得挺好，就叫着吧。

你爹自我感觉也十分良好，晚上摸着我滚圆的肚皮，很满足地说："我的小鱼。"

我冷冷地看了他一眼，忍不住说："以后半夜起来给孩子换尿布也要有这样的境界和觉悟才行哈。"

你爹一个滚翻夸张地闪作一旁："胖妈的小鱼。"气得我不行。

有时候拉着我的手走在路上，你爹会突然停下来憧憬："以后小鱼在中间，我拉着小鱼。"

我不时对你将来长什么样子进行规划。你爹有时候要打击我："能长什么样儿？普通人就行了呗。"

我说："当然是普通人了，不然你以为是什么龙种啊？"

真是的，做人没有求知欲就算了，怎么能连点儿好奇心都没有呢？

你的小表姐已经能口齿伶俐地背诵儿歌和诗了。你爹也很热情地提出让你将来也背诗，说至少也长个记性。我还是觉得开启一个人的心智最重要，将来书读得多了，理解了其中的精粹，自然腹有诗书气自华。

还发生了一件可笑的事情，有一天我在写字楼坐电梯下去。电梯在8楼打开了，进来两个人，一中一外，赫然也是两个孕妇！我们互相打量了一会儿，全乐了。

虽说写字楼里孕妇特多，可以说十步之内必有孕妇，不过这么巧可是头一回。我们正在自己感慨呢，电梯门又开了。进来一个男的，看见我们仨，就愣住了。

我说："他才是真吃惊呢，以为这是孕妇专用电梯，自己坐错了呢。"

我把你的小床都布置好了，还买了一个八音盒的床铃挂上。我把发条拧上，手扶在后腰，看着小床，听着八音盒的铃声，很有感觉，不由得自己一个人傻笑起来。

应该让爸爸给我们拍张照片，叫万事俱备，只欠baby。

第四节 月嫂与婆婆不可得兼?

【 第二百六十三日 】

还是那么的忙。

肚子越来越大，我的一个同事甚至跟我说："你是我见过的肚子最大的孕妇。"

我的体重都快150斤了，我真的做梦都想不到我有这么重的一天。已经快9个半月了，我吃力得连楼梯也爬不动了。晚上的睡眠每况愈下，还是喘不上气，而且腰背疼痛。都说好吃不过饺子，舒服不过倒着。连倒着都不舒服的时候，真是令人绝望。

从上次医生说已经半入盆以后，我一直在等待兵书上说的那种胎头沉降以后带给孕妇的轻松感觉，可是一直都没有出现。你不会不顾及你娘的伟大预言，赖在我肚子里不出来吧?

关于月嫂，我和你爹又展开了新一轮很不愉快的磋商。因为你姨妈狠狠地把我批评了一顿，说月嫂是一定要请的，要不我自己肯定会后悔的。我看她说得那么严重，想了半天，那还是请一个吧，请了最多白花钱，不请的话到时想请也请不到了。

其实我根本不愿意一个素不相识的大婶睡在我旁边，不过既然只有一个月，我就忍忍吧。你爹答应先去做你奶奶的思想工作，结果过了好多天催了好多遍也没动静。最后竟然跟我说不请算了。这令我怒不可遏。

你奶奶不愿请月嫂，我分析可能一是不愿意花钱，二是自己的孙子孙女不愿他人染指，三是照例反对我所拥护的？以我的角度其实是蛮不能理解的，请个月嫂她应该也轻松点儿。

后来我也不指望你爹了。我自己去订的时候，大一点的月嫂公司都已经订不到了。我气得在家哭哭啼啼好几次，扭着你爹硬给我订了一个，这才作罢。

我已经准备休假在家待产了。经过这一段时间的艰苦奋斗，明天终于可以不上班了，要不我真要成为把孩子生在办公室的优秀员工了。

终于可以好好休息一下了，这段时间真的太累了。每天都睡不好，白天还有这么多事情要忙，真有点力不从心了。

昨天我回到家，感到有点支撑不住，吃完饭倒头就睡。一下子睡到晚上十一点半，起来刷牙，辗转一会儿，又睡到今天早上。

你的名字还没想好，急死人了。外公起的那些，怎么说呢，时代感太强了，遗憾的是，不是当前的时代。虽然怀旧，似乎又不经典，但是你的名字这么关键，只好打击他老人家的积极性了。

对了，现在已经有人下注共1540块赌你是男孩子，有人下注20块赌你是女孩子。我已经糊涂了。

你最近的胎动都很不规律，不知道怎么了，但是胎心监护都是不错的。医生让我数胎动，这个我从书上、网上，还有医院的墙上也都看到了。自妊娠7个月开始(孕28周)，孕妈妈就要按时数胎动。

常见的说法是，可以采用每日"3次计数法"或"1次计数法"。"3次计数法"，是在每天早晨、中午、晚上在左侧卧位的情况下，各测一小时胎动，然后把测得的3次胎动数相加，再乘以4，就是12小时的胎动数。

"1次计数法"，在每天睡前1小时计数1次，每天的检测时间应该是固定的。然后将每日的数字记录下来，描绘成曲线。

一般来说，平均每小时胎动在3次以上，12小时胎动30次以上，表明胎儿情况良好，少于20次或者意味着胎儿有宫内缺氧，少于10次说明胎儿有危险。

这事儿比听上去有难度。一是现在是我每年工作最繁忙的时候，我根本没有时间拿一两个小时全神贯注在这上面，接个电话回个邮件开个会随时会分神，白天数三次我很难实现；二是所谓"连续的胎动算一次"这种说法其实是很难掌握的。比如说：一条直线是由无数个点组成的，这是很科学的；但是胎儿扭一下，踢一脚，吮吮指头，这都是一次胎动，间隔多少算连续啊？我也只有凭自己感觉了。如果我认为好长时间都没感觉到胎动了，我就拍拍肚皮，直到你动起来。大约扰了你的清梦了，那也只好这样了。

以后不上班了，我就全力以赴地认真数起来了。明天还要再做个B超，就可以看到现在你多大了，脐带还绕不绕颈了。你要是机灵，可能自己已经绕出来了，你要是傻乎乎的，现在搞不好已经把自己绕了两周了。

医院安排的孕妇培训我也都去听了。似乎拉玛泽呼吸法是最有用的，必须勤加修炼。

拉玛泽呼吸法源于1952年，由产科医生拉玛泽先生研究创立。这是一种分娩预备和训练方法，由巴甫洛夫的"条件反射"原理推演而来。当产妇阵痛来临，拉玛泽呼吸法让准妈妈们把注意力集中在对自己的呼吸控制上来转移疼痛。还将原本疼痛时立即出现的"肌肉紧张"，经过多次呼吸练习转化为"主动肌肉放松"，从而使疼痛减轻。

不过让我很疑惑的是，到生的时候，肯定很疼吧，那么忙乱还顾得上从容不迫地数呼吸吗？

我还参观了温馨产房，也就是正常分娩产房。虽然都是生孩子，但剖腹产是一次手术，而正常分娩是一个自然的生产过程。

在温馨产房里，符合条件的孕妇（我记得是35岁以下，没有产科及内外科合并症）有一个比病房温暖得多的环境，由一位助产士及一位家人陪同，二对一陪伴产妇经历整个分娩过程。用讲课的护士长的话说：不用那么凄凄惨惨，身边连个家里人都没有。

护士长就温馨产房进行的演说非常有煽动性。她说陪同妻子生产的先生看到妻子所承受的痛苦，都会倍受震撼，对妻子无不充满感动和怜惜，有的丈夫甚至忍不住悄悄流下了眼泪。而妻子有了丈夫的陪同也会更有信心、勇气和力量。而这么一件有百利而无一害的，利国利民利家庭安定团结的好事情，要花多少钱呢？只要多花150块钱。

我被护士长的演说深深打动了，我被温馨产房的气氛深深打动了。回来我就扭着你爹爹，说我也要去温馨产房，你陪我去吧。结果你爹哼哼唧唧地说："我在外面等你和小鱼。"再不就让你奶奶和我进去。

我疑心他脑子里有什么保守陈腐的封建想法，觉得男人是不能进产房的。我不知道为什么我对分娩感到紧张总是让他觉得很可笑，他又没生过！说不动他，我只好绝望地预言："以后小鱼必将对你耻笑和鞭笞。"

【第二百七十日】

上周又做过一次B超，好消息是脐带已经不绕颈了，坏消息是双顶径非常大，38周不到就有9.7cm，似乎已经突破了同阶段标准数字的上限，股骨长倒是正常的。医生估计你已经有7斤多了，羊水也非常多。难怪我最近老是抽筋，一定是你拿了妈妈的钙去长你的大头了。

上次医生都说我半入盆了，这次又没怎么入了。医生说可能是你的头太大又漂起来了。还有这样的事情吗？这让我觉得你离出来似乎还有一阵子呢，一片茫然。

都怪你爹老是叫嚣着要什么8斤8两的胖儿子，这下真的那么胖！

我都觉得无辜死了，怀孕以后一直把自己当成一个肚子大一些的劳动人民，根本没有搞养尊处优这一套。在单位我不希望人家因为我怀孕了就把我当病人一样照顾，只有复印我是让别人帮我的，那是要躲避辐射。在家我也一直坚持做以前做的家务。我自己都不能相信这是真的，有一天，我重达150斤！我的宝宝是一个头大大的胖宝宝！

我真是低估自己了呢，枉我最近饿得睡不着觉干咽唾沫！我问医生我是不是没有希望自己生了？医生似乎还有让我挣扎一下的意思，说我的骨盆条件也还可以。

回家以后我拿出一把小卷尺，不住地研究9.7cm是多少，10cm是多少，想象一颗直径是这么多的头有多大，一边和你奶奶探讨。你爹看我的屁股都坐不稳了，安慰我说："小鱼是个好孩子，它会乖乖出来的。"

我抹了那么多防妊娠纹的霜和橄榄油，结果还是起了妊娠纹。把我气坏了，马上破罐破摔，涂抹得也没那么起劲了，起个一条跟起个十条对我区别也不是很大了。你爹看我垂头丧气的样子，振振有辞地说："妊娠嘛，就是要起妊娠纹的，要不怎么叫妊娠呢？"

整个腰背都开始了让人越来越难以忍受的疼痛，不论我是站着，坐着，躺着，有时候甚至会从梦中疼醒。

你爸爸现在觉得你是女孩子了，理由是我脸上什么都没起。神哪，我都重了50斤了，再给我来一脸妊娠斑，还让人过吗？

我还是倾向于你是男孩子。我说："我要是生了男小鱼，你少来拉扯我们，看外边儿哪个女的脸上疙瘩多你找谁去。"

让他跟我打赌吧，他就说赌二两酸汤饺子——你爸第一次请我吃饭吃的就是这个。那时候还不知道要当我孩子的爹呢，还小气劲儿地跟我提了好多年，总说我讹了他二两饺子，继而讹了他一辈子。

神医阿姨最近又给我号了一次脉，很深沉地说这是男孩的脉相。

很多人劝我拍个孕期写真，我坚决不从，150斤的样子怎么能留下那种铁证？！我好担心以后自己瘦不回去了。我好怀念自己身手敏捷的样子，虽说那好像是很久很久很久以前了。

我跟你爸爸说："什么怀孕的女人最美啊，连腰都没有了！没有腰的女人怎么会美呢？"

你爹说："那个，就跟劳动人民最美的意思差不多吧。"

我的生日快到了，以前我总是幻想在我的生日把你生出来。如今看来是不大可能了，你爹拒绝我索要生日礼物的正当要求，说"小鱼就是我给你的生日礼物"。我不得不向你进行控诉。

你的名字，男名女名我都瞎起了几个，你外公也又起了一些，还专门为此买了一本辞典。不过目前还没有哪个名字能够脱颖而出，让我一看到它，知道这就是你了。

我不在乎什么笔画五行之类，因为那一套我压根不信。我希望你的名字不要过于冷僻也不要过于大众，一百度出来好几十页那种。你爸爸不是太在意，他觉得就是好大家才都叫呢。

虽说是个称呼，到底也和身体发肤一样受之父母，作为人的第一个社会印迹伴随一生。我最爱梁思成吴清源这样的名字，平易正大，不险怪浮艳，不盛气凌人，可惜我起不出来。

我看了那本封面像"恐怖医生"一样的《分娩实录》，原来又是一个噱头。就是泛泛的顺产剖腹产、三个产程之类语焉不详的解说，看了我还是一头雾水。再一次感慨，拿生儿育女骗钱真是容易，我也好想一头扎在这块大蛋糕上。

第五节　押男押女，买定离手

今天是我的生日，离预产期还有9天，看样子，你绝没有跟我分享一个生日的意思了，娘的瑰丽肥皂泡彻底破灭。

今天我又去产检了。胎心监护了很长时间，也不知她们到底在看什么，一会要我这么躺，一会要我那么躺，仪器的小屏幕上闪着一些神秘的折线。

从36周开始，检查项目就多了这项胎心监护，要往肚皮上绑一个东西躺半天，经常躺得我上不来气。最后要把电子监护仪打出来的折线图拿给产检医生看。

今天听医生说，如果是双顶径9.5cm以上，顺产就比较困难了。看医生的意思，再过一周要是还没有什么动静，再B超它一次，估计就要磨刀霍霍对你下手了！

我真没想到我这么能生善养还不经补，不过每天喝点酸奶，吃点鸡鸭鱼肉就长成这样？我不禁想起怀孕伊始，我还是一个矜持的少妇。

刚三个多月的时候，我未曾显出孕妇的身形，却特别容易饿，还没到饭点呢，就饿得头晕眼花的，几乎感到因为血糖低而浑身微微颤抖。到了写字楼的餐厅，一碗米饭狼吞虎咽地吃下去，竟然还是饿！环顾一下四周，到处是白或不白的领子，伪或不伪的小资，哪有女同学拿着空碗去添饭啊。我踯躅了很久，实在是饿，同事都鼓励我——去呀，你怀孕了，怕什么呀。是啊，可是——他们不知道啊。

昨天晚上还是背疼胸闷睡不好，一会儿躺下去一会儿坐起来，总是姿势不对，要起来重睡。睡着后还做了一个特可笑的梦，梦到我去医院待产，医生给我炖了一大锅土豆牛肉汤。我尝了一口，还行，不是很淡，高兴而赞许地说："嗯，产妇不是不能吃盐，不过量就行。产妇大量出汗，必须补充盐分才行的。"

我没想到自己在梦中也如此清晰地再现了我从书上看到的理论，可能是因为最近在研究月子食谱，害怕到时候你奶奶依照老习惯给我来上一两个月没盐的汤的缘故。

昨儿个，你爹跟我说，他有个朋友的女儿，跟爸爸特别好，生病的时候只要爸爸抱。她有一条小毯子，特别心爱，神圣不可侵犯，其他人不慎坐了她就要发脾气骂人的。但是她会很殷勤地献到爸爸屁股下边儿去，拍爸爸的马屁。

你爹被这种氛围深深震撼了，眼里发着光地向往，晚上摸着我的肚子深情地憧憬着："小鱼，以后你的小毯子给我用。"

你爹在我的一再激将之下，跟我打了赌，赌注1000块。我赌男小鱼，他赌女小鱼。

押男押女，买定离手。

就等你来开了。

【第二百七十七日】

又过了5天了，你还是非常惬意地在我的肚子里待着，该吃吃该睡睡，时而矜持地扭上几扭，完全看不出有任何出来的意思。

我实在是感到吃力了，很想把肚子卸下来松快松快。同志们纷纷从全国各地打来电话——生了没有？没呢没呢没呢。

形容坐了老半天还在谈天气丝毫没去意的客人怎么说的来着？屁股真沉。呵呵。

我又做梦吃东西了，酥皮儿的小点心，四种馅儿呢。我正兴高采烈地问服务员都有哪四种馅儿，就醒了。怀孕这么久，我做了那么多次吃东西的梦，真正吃到的只有上回那一口牛肉汤而已，而且完全不记得什么味道。

我把待产包都准备好了，你爹说我真是没住过院，好不容易住一次院快把家都搬到医院去了。确实是的，从超大保温桶到靠垫到一次性马桶垫圈到咱俩的衣裳，一应俱全，光脸盆就五六个。还准备了一些在待产时候补充体力的吃食，包括巧克力。不知怎的这几天还没待产呢就被我吃了不少了。

我想可能是怀孕以后就没有吃过巧克力，突然家里放这么多有点无法自持了。

我们终于把DV买好了。这个DV我去年就让他买了，很严厉地说：我的小鱼一从产房出来，你的DV就一定要就位哈！我一定要在第一时间记录小鱼的人生！

先前他说五一去买，五一的时候他说十一去买，十一的时候他说元旦去买，这下元旦已经过去了，什么也没有发生！我只好趁着自己还能动，挺着大肚子押着他到卖场去，结果不但原来在网上看好的机型已经卖完了，可以节省500元的元旦促销活动也终止了。我心里的小火苗是"呼呼"往上蹿，气得我都不跟他说话了，看在你的分上才决定继续跟他过下去。

男人对孩子的热情，永远无法跟女人相提并论。

不知卖场的售货员们怎么都这么热情，围在我身边嘘寒问暖了半天，可能女人最爱讨论的两个话题，一个是孩子，一个是婆婆吧。

她们不住夸我9个多月了看上去很灵便。我忸怩地笑一笑，心想："怀孕嘛，又不是……怎么像鼓励身残志不残似的？"

这几位热心的服务员又一一把自己生孩子的过程简短回顾一下。还教给我说，如果肚脐以上的黑线很整齐没有分岔，就是男孩。我回家看了看，没有分岔，可是回忆我在医院看到过的肚子，从来没见过分岔的。

这可能是关于男女的最后一次预测了。

我的小鱼，我的1000块。

医生说宝宝的名字在生下来3天内就要写到出生证明上，所以必须预先起好，可是名字现在还是定不下来，急死我了。

似乎不会有那道划破天空的闪电了，不会在梦中受到神启了，不会见异象而心有所动了，也不能等到把你抱在怀里的时候再有所感悟了。

那就算了，写手是不能依赖灵感写作的！硬起也得起一个出来了。

还是抱定这几个原则：一不要冷僻字，二不要多音字，三不要笔画太多的字，四不要容易和人重名的名字。

　　一个星期前我特激动，觉得我随时都要阵痛，捧着肚子很是焦灼，现在激动过度反而不激动了。后天我去医院检查，再B超一次，到时候再看你的头又长到多大了，决定是生还是剖。

第四章　千呼万唤始出来

好大一股胎气　你的月子抑郁吗？　开合中西文化的裤子　小鱼现形记
说"不"的智慧　动了动了，宝宝动了　孕妇猛于虎？　疯狂网上大采购
月嫂与婆婆不可得兼？　糟糕，感冒　老爸记分牌　十二分急以后的B超
男西瓜还是女西瓜　人为什么要生孩子　出人命了　好大一股胎气　动了动了，
千呼万唤始出来　犹抱琵琶半遮面　小荷才露尖尖角　病如西子
疯狂网上大采购

第一节　小鱼现形记

第二百七十九日是我的人生里为数不多浓墨重彩的日子，刻骨铭心到永远不忘的日子。就是这一天，漫长的期待结束了，一个世界上最神奇的谜语就要揭晓谜底。就是这一天，我的小鱼离开温暖的子宫，啼哭着尝试第一次呼吸，开始独立的人生体验。就是这一天，我不再只是一个女人，我还是一个母亲了。

当天的我是应付不暇的，甚至之后的很久都很忙。在隔了好几个月之后凭借回忆记下这些，我仍然觉得历历在目，记忆犹新。

前一天，也就是第二百七十八日的时候，我们接到了S奶奶的电话。她说我待产的医院一共只有两间单人间，现在有一个要空出来了，问我们要不要住进去。S奶奶从你大概9个月的时候就在为我的床位奔走了，你爹和我真是非常感激。不过我想这么俏的单人间一旦住进去，恐怕也不太可能让我悠闲地慢慢等待阵痛。剖腹产，我还不很情愿。

你想啊，人家的妈妈一回忆过去，满怀深情地说：在一个春暖花开的早上，你来到了人世间……我呢，只能说：在一个有单间的下午，你来了……这也太缺乏诗意了。反正明天就要产检了，干脆把最后一次产检做完，包括最后的B超。如果医生都建议我剖，我就横下心剖了，这件事情倒也算利索。

当天晚上，我就颇有一种壮士一去兮不复还的预感。我洗过澡，又把我早就收拾好的待产包细细地理了一遍，确信万无一失，一看表，都十二点多了，赶紧睡下。躺下也睡不着，有点上战场之前的紧张，思来想去地又问你爹："你说，孩子在肚子里睡得好好的，如果突然把肚子破开给取出来，会不会把孩子吓坏啊？"

你爹想了想说："那肯定的。"

次日一早，我们先去做B超。一个女医生把那种像果冻一样的凝胶涂得我满肚子都是，肚皮和她的神情一样冰凉。我鼓起勇气说："我预产期都已经到了，可不可以告诉我男女啊？"

医生像留声机一样第一千次不带任何感情色彩地播放："这肯定不行，这是制度。"

看了一会，医生说双顶径9.5cm。我说不会吧，上次都9.7cm了，总不能越长越小吧。医生说，这个，也看不了很准。

过了一会儿，报告给我。我看了看，写着双顶径9.7cm，怎么跟淘宝卖家一样啊——"手工测量，有1－2cm的误差属于正常范围"？！

医生说胎儿可能比较大，估计会有8斤，但胎位啊，羊水啊这些条件都是好的。原先已经半入盆了，但是现在胎儿的头又浮了起来。95％的孕妇这时候都已经入盆了，不过这也并不表示我就一定生不出来。有极少数人就是等产程发动的时候才入盆的，最后说你自己决定吧。

说实话我听了也不知道到底会怎样，我和你爸爸你奶奶都面面相觑。我觉得情况算不上特别乐观，以前我来产检都听医生跟别的人讲："你为什么不自己生？你以为剖腹就不受罪吗？自己生！"怎么到我就成了"你自己看着办"？

S奶奶又去问了两个认识的医生。她们说原先半入盆现在又浮起来说明胎儿的头确实太大了，下不去，生起来可能要真要受一番罪的，还是直接剖的好。

S奶奶是力主我剖的，谁都知道顺产比剖腹好，但S奶奶力劝我剖腹确实是为我好。

她自己生女儿的时候，疼了三天三夜，最后拿产钳死活夹出来的。到现在谈起的时候她都依然没有忘却那种痛苦，所以我想她肯定不想让我们再去重复一次这种可怕的经历了。

不过我不死心，我爬了那么多楼梯，我苦练了拉玛泽呼吸法，我看了《分娩实录》，我练了分娩操，我还想负隅顽抗一下。我们又重新找了一个门诊医生，让她看了看我的资料。她的意见是：小孩子有点大，不过也不是一定生不出，属于可剖可破吧。

在一家人大眼瞪小眼的时候，帮S奶奶联系床位的医生也来了，她也建议我剖了。

没有时间给我做很久的思想斗争，最后我狠狠心说：那就剖了吧。医院安排的结果是，如果没有急诊的话，下午1：30第一台手术就给我剖。

做了决定的我有些遗憾，但如释重负，至少有个决定了。继而被自己吓了一跳：吓，下午就要剖了么？

我一生中最大的悬念，就要在下午揭开了。这怎么能不让人激动？

这时候，其实都已经快中午了。根本不容我慢慢感伤，护士马上拿出一堆表来给我填，拿出一堆须知来给我看，拿出一堆免责条款来给我签，一边又给我测试药物过敏。

惊人的是我一连三种药物都过敏，连青霉素都过敏。怎么会这样呢？我以前青霉素不过敏的呀，看样子我肚子里是一条很敏感的小鱼呢。

你爸爸被派回家去拿东西了，幸亏我昨天都已经收拾好了，两位奶奶在这里陪我。我最后一次和你一起在病区的秤上秤了一下：150斤。我踱进著名的单人间看了看，上一位妈妈走后，这里还没打扫过，房间很小，一片狼藉。床上有斑驳的血迹，看不出新生命来临的喜悦，倒像溃败以后的战场，没有住进去我就已经想出来了。

后来工作人员把床铺上的单子换过，又给房间喷了一些药消毒，吩咐我进去躺着。我也不愿意到里面躺着，还是在病区乱晃，看别的产妇和小毛毛头们。

有一种幸福离我越来越近，我有点羞怯和紧张。

没晃两下呢，两个小护士把我揪到房间，让我换上病号服，都洗破了，衣服短，和裤子也不是一套。我想我看上去有些落魄，自此我在医院就丧失了自由人的身份。护士给我备了皮，插上了导尿管。

我以前没有插过导尿管，不知道是这么的难受。强烈的异物感不断刺激我想排尿，但是出于一个成年人的本能会竭力控制，其实放松了，反而还会好受些。但是那种根深蒂固的条件反射，强大到不受大脑控制，仿佛随时接近崩溃的边缘。这很像我们小时候老做的那种梦，想上厕所，然而找了一晚上都找不到，于是一直忍着。

后来我被抬到那种带轮子的小床上，有人推着我在楼道上飞快地走起来，轮子在地上咯咯作响，导尿管继续折磨着我。我脑袋一嗡，浑身忽冷忽热，他人的声音忽远忽近，一切显得缥缈起来。

我顿时觉得自己像个病人。

这时候，你爸爸也已经来了，护士高声抛洒的医学术语在我上空飞来飞去，气氛显得严肃紧张。我已头晕目眩分不清方向，只记得到了一处所在，有人高声说："家属就到这儿了。"

我看看你爸爸，他好像想说什么的样子，但是什么也没说出来。你奶奶追上来说："别紧张。"声音都有些变了。

我跟他们笑笑，说："你们等着吧。"

于是我进了手术室，我惊异于手术室的宽敞以及人员众多——取一个小孩子，用得了这么多人吗？我只穿着医院发的鹑衣百结的单衣，周身发冷，问："你们不开空调吗？"

答曰开了，还没有热起来呢。我冻得有点哆嗦，看样子第一台手术也不好啊，手术室都没焐热乎，同志们也没睡醒。

麻醉师来了，拿着不知什么器具在我肚子上戳，问我痛不痛。我说还好吧，因为痛毕竟是一种主观感觉，很难客观衡量，就是一点轻微的刺痛而已，不知道算痛还是不痛。

麻醉师显然对我模棱两可的态度很不屑："最吃亏就是你这种人了，打少了你要痛，打多了对你和小孩都不好。"

一边又拿那根器具钝的一头在我肚皮上又戳戳，说："喏，这叫有感觉。"

又拿尖细的一头在下腹上戳戳："这个叫痛。"

在统一了标准之后她确定了麻药的量，让我侧过身去，弓着身子，拿一根好像很粗的针头从脊柱把麻药注射进去。我觉得她用这么粗的针头动作还是很轻柔的，比起一个朋友告诉我的"脱得光光的，一个男医生咣叽一针给你打到脊背上"要好多了，不由大为感激。

麻药以惊人的速度起效，一种温暖和麻木的感觉迅速在下半身弥漫开来。我不觉得冷了，我也不觉得导尿管难受了，我幸福地在心里感慨——麻药真好啊。

麻醉师又让我翻回来。我正往回翻呢，一只手扶住我，有人惊慌地说："你干什么？"原来我那时候已经被麻翻了，下半身几乎没有感觉，而且手术床对我这么大的肚子来说真的很狭窄，我想平躺回来的时候都快掉床下了，竟然全无知觉。

麻醉师一面把我安置好，一面气咻咻地数落我："这下子要是掉下去，你这前二十年就白干了。"又有人给我手上也扎了一根很粗的针，据说是挂促进宫缩的药水的。

这时主刀大夫已经明星一样出场了，她问我："你为什么剖啊？"

我说："太大了。"

医生"哦"了一声说："自己要求的。"后来我知道，我们这样的剖腹都被称为——社会原因。

医生熟练地把我肚子拉开了，开始我并没什么明显的感觉。脸前面挡着一块蓝布也看不见。突然我觉得有人猛力在我肚子里一阵生拉硬扯，剧痛，不由得"哎呀"一声。

医生说："忍一忍啊，就这一阵子有点难受。"

怎么会这样？谁跟我说的剖腹产不痛？我自己觉得就像战斗结束后倒在战场上的一个伤兵，怪兽在啃噬我的五脏六腑。我钻心地疼痛，却无力反抗和挪动。我明明记得小S生了孩子接受访谈的时候说：先前以为剖腹就是拉开把小孩子取出来就行了。其实不是的，是切开一个小口子，然后医生用胳膊肘慢慢地往出捧，然后"啵"的一声，小孩子就出来了。说得那么轻快，一点都没提及疼痛嘛。

我也看不清医生和护士都在干什么。我就觉得疼死了，身子不由自主绷得紧紧的，死死用手揪住身子下面的单子，血都浸透了。

医生和护士司空见惯，对着我切开的肚子依旧谈笑风生，在谈论不知谁买车的事情，什么排量，什么手动……疼起来的时候，时间显得格外漫长。我不断地想，怎么还没拿出来啊，怎么还没拿出来啊。

呻吟的时候，医生说哈气——我苦练的拉玛泽呼吸法，终于也用上一点儿了。突然觉得有什么东西从我肚子里连根拔起，整个肚子好像一下子都空了。

然后一阵响亮的啼哭声传来，一个声音说："好胖的一个伢儿。"

又一个声音说："是个女伢儿。"

你还在大声哭，我想，这个女伢儿好大的嗓门啊。后来可能护士抱着你去秤了，大声地报出："8斤7两！14：13分，女。"

我的眼前一黑，8斤7两？！有个护士把你抱过来给我看。我躺在床上偏着头，只看到一个毛茸茸的小脑袋，怎么这么长的头发啊。还没看见脸呢，她抱着你风一样的又走了。

还是疼，除了有人在我肚子里搅动，宫缩也开始痛。我蔫头耷脑地几乎是央求医生，"这下该把我缝起来了吧。"

医生说："嗯。"

可是又在我肚子里翻了半天："你有一个卵巢囊肿，要不要帮你一起割掉？"

我说："割割割。"

那会儿只想赶快下来，就是要割卵巢我搞不好都同意了，别说是囊肿。医生一边割囊肿，一边问我："你要这个孩子，是不是要了蛮长时间的？因为有囊肿会影响怀孕的。"

我在脑子里迅速衡量了一下，一边是那一堆排卵试纸，一边是医学上不孕的定义，最后觉得实在不能算太困难，就说："还好吧。"

看我揪着床单哼哼唧唧的，一个男医生在我耳边问我："是不是还很痛？"

"是。"

"撕扯的痛还是宫缩痛？"

"撕扯。"

"那再给你加点麻药吧。"

"好。"反正你都取出来了，也影响不到你了，把我麻翻算了。我记得有个朋友说她剖腹产的整个过程中都是睡着的，我则是整个过程都在盼望着快点把我缝起来。

加了一次麻药以后，明显觉得好多了。我想起麻醉师说的，吃亏的就是你这种人，可不是吗？这厢医生已经钳出一块据说是囊肿的东西来，举在我面前给我看："已经取出来了哈，你看。"

我有气无力地说："好，谢谢。"其实哪有心思去看，再说我也不认识囊肿。

这下才算真正开始把我缝起来了。我又完整了。

等我觉得没有那么疼了，再来观察周围的时候，我发现刚才热火朝天讨论买车的人不知什么时候都走了，只剩下两个人在那里收拾医疗器械。怎么就跟小时候电影放完一样，人们骤然四散，就剩下几个扫瓜子儿皮的，仿佛刚才哭过笑过的盛况不曾真正发生过。

我晾在床上，没有人理我，好像都把我忘了。我东张西望一番，只好说："咳咳，我可以回去了吗？"这才引起了注意，又来了两个人，给我理了理衣服，把我换到有轮子的床上，推了出去。

我一心想赶快出去看我的小鱼，心里非常高兴，觉得刚才的疼都不算什么了。

我被推出来以后，发现你奶奶和爸爸都等在那里。我劈头兴冲冲地问："看到了没有？"奶奶说看到了一眼。

然后七嘴八舌的大家跟着我一起回到了病房，一边问我觉得怎么样，一边表示刚才大家多么担心。

原来可能是因为还割了一个囊肿的关系，一般剖腹产大约1个小时够了，可是我一个小时四十分钟还没出来，把大家都急坏了，以为出了什么状况。

后来护士抱出一个孩子来，也不说话，闪身就走，还拒绝群众围观。你奶奶追上去跟到电梯里瞄了一眼，觉得是你没错了。一问护士，果然是刚从老鱼肚里拿出来的。

回到病房没有几分钟，护士就把你抱来了。我躺在床上动弹不得。看她把你放在小床上，解开包布，一边跟你奶奶和爸爸说："喏，是女孩子，你们看看，手好的，脚好的，都很好哈。"你奶奶和爸爸赶紧趁这时候把你仔仔细细检查一遍，什么也不多，什么也不少，也没有痣和胎记。

我被安放在床上挂水，好像还是那个什么促进宫缩的药。剖腹产就是这么倒霉，没有自然宫缩也要拼命促出来的。麻药的劲还没过去，导致我下半身还不能动弹，而且说话哆哆嗦嗦的。我赶快命令你爸把你抱过来给我看看。

一番细细打量下来，你的皮肤像雪一样白，你的头发像乌木框子一样黑，你的嘴唇像玫瑰一样鲜艳。听到这里，你是不是觉得自己像白雪公主一样呢？错！白雪公主绝没有你这么胖大的两个腮帮子。

好了，不能再处心积虑地蓄意美化你了，事实是我第一次看到你就倒吸了一口凉气，幸亏没有自己生呀，这么大的一个胖娃娃，这么大的一颗头！当时就对S奶奶感激涕零。

你的分量把全国人民都震惊了，也就是现在取出来了，再放任你长两天可不就九斤老太了？！

你和我想象中的新生儿大相径庭，我以为是一个红通通、皱巴巴的小小人，结果取出来这么白胖圆润的一个大孩子。面如满月，包在医院的蓝色碎花包布里，像个大粽子。头发比你爸爸还长，乌黑的有点微微的卷曲，还粘着少许从我肚子里带出来的不明物，眉毛浓密修长，不黑反而有点红褐色，细长的眼睛紧紧闭着，有点肿胀，小而圆的鼻头，嘴巴红艳，脸上有一个自己抓破的小红点，耳朵上竟然还有不少长长的小黑毛！

总体来说，面部很像一个发面包子，然而又是多么可爱的一个小包子啊。后来我躺在床上听他们说你一会儿挤眉一会儿弄眼，一会儿伸手一会儿踢腿。我苦于自己不能下地，也不能抱你，心急如焚。

这一惊天的好消息要赶快诏告天下，我激动地给你外婆等人打电话。麻药的劲儿还没过，说话还哆哆嗦嗦的。不过这也不妨碍我一遍一遍地说我的小鱼怎样怎样出来了，长的又是如何如何。大家全都不顾我打了鸡血针一样的亢奋心情，说着说着就不跟我说了，非要让我好好休息，弄得我很失落。

整整这一天，以及以后的很多天，我都在感慨，就是那么一两个小时，一个黑头发的小人儿就躺在我旁边了，会哭会动。虽然我肚子大了那么久，还是觉得你像天上掉下来的一样。好神奇啊！

尘埃落定。

我的小胖鱼真实地躺在我身边，肥白可爱，健健康康。我的幸福触手可及。

第二节 你的月子抑郁吗？

小鱼拿出来以后，我很快就能下地行走，心情也一直很好。因为我每次一瞥见小胖鱼的大头，就觉得我已经把顺产时可能会遭遇的许多痛苦都扼杀于无形，那么就该像个标准的既得利益者那样低调和窃喜。这点剖腹的痛苦，还哼唧啥呀。

头两三天有止痛泵，也确实不觉得有多么难以忍受。止痛泵取了以后，我肚子疼得一宿都没睡着，估计还是注射那个什么促进宫缩的药水的关系。

护士来检查，总是在我的刀口上使劲按，帮助污血排出来，还要一边说"放松放松"。别说刀口了，我穿上细高跟鞋站你脚面上，你能放松得了吗？

自从剖腹以后，每次医生来查房都说我子宫复旧不好，在医院的六七天，天天都输液促宫缩。

小鱼以体重蜚声医院，那个月我的小鱼是产科最重的孩子。护士来换药什么的，跟我说："我看你条件还可以啊，为什么不自己生呢？"

后来见了小鱼，就默默无语了。转而说："看你人也挺秀气，怎么生这么大一个宝宝啊。"

小毛毛头们每天都要洗澡。我们的月嫂总是把小鱼举得高高的，欢快地大声说着："大姐大来喽！"倒数第二天查房的时候，医生威胁我说如果子宫复旧还不好的话，就没法儿出院了。于是那一整天我都没敢怎么躺，到处行走以促进恢复。

像很多过来人所说的一样，生了小鱼之后我的确再也没有睡过一个好觉了。小鱼一会儿要吃奶，一会儿又哭，一会儿我又要挂水，一会儿又有客来访。这时候S奶奶不遗余力给我们搞来的单间也体现出了巨大的优越性，如果是二人间三人间，所有这些干扰你睡觉的因素都将以两倍或三倍计。

快回家的时候，小鱼的奶奶最后一次跟我谈话，说快过年了，能不能不要请月嫂，家里有个外人多不方便啊。我说已经请好了先让她来吧，如果不好或者我感到没有必要的话我会打发她走的。

在医院住了7天之后，医生恩准出院。小鱼头一次坐上爸爸的车，于睡梦中头一次回到了自己的家。原先预约的月嫂如期而至，我也按照咱们中国人的传统习惯，开始我在家的"月子"。

现在回头来想的话，我和婆婆在这件事情上进行了许多无效和错误的沟通，导致了日后严重的龃龉。

我们都没有找到正确的思路来说服对方，比如，奶奶说月嫂每天要洗澡，月嫂又不是每分钟都干活，家里有外人不好……比如，我惺惺作态地让我妈给我汇了5000块钱，把汇款单放在家里至醒目处，说我妈由于不可抗力不能来照顾我，特斥资5000以聘月嫂。

其实现在可以肯定奶奶最主要的想法就是要自己管小孩子。然而问她有没有把握，又说："没有问题的话肯定没有问题。"那不跟没说一样吗？

我们小的时候连配方奶粉都没有，吃面糊糊都可以长大。都过去几十年了，孩子她奶奶到底有多少科学的经验我也吃不准。我年底的工作又实在太忙，而准备工作其实是只到月嫂止的，一点纸上的新生儿护理知识毕竟还是不能依赖的。我的小鱼不应该有任何闪失，既然有条件，干吗要让她成为我们练习带孩子的道具呢？有个月嫂过渡一下有什么不好呢？

说到底，我还是觉得这是一件应该由我决定的事情，因为月子是我的，孩子是我的。身边所有的同龄人也都说，能请就请一个吧。这就是我当时的心态，力求万无一失。

我观察了一阵子我请的月嫂，认为这是一个没多少水平，但是人还算本分的农村大嫂，也还可以一用吧。

然而月嫂就算要给我做饭总也要家里人买菜，并且需要指导一下厨房的设施材料如何使用。婆婆出于抵触情绪不是太配合月嫂的工作。

我不敢非要让婆婆怎么样，就觉着随便谁给我口吃的就行。然而家里那么多人，反而没有人给我做饭了，一家人都别别扭扭的。

这样别扭的光景也不长久，约莫一个星期之后的一个早上，我听到婆婆在厨房大声训斥月嫂。无非是一些什么月嫂做完饭地上都是水也不知道擦啊，什么开水用光了也不知道烧，她半夜起来没有水喝嗓子如何的冒烟啊这些事情，抵触情绪是显而易见的了。

不过婆婆的心情我也可以理解。这时候我还是本着以家庭的安定团结为第一的原则，安抚了她一番，假装没有烧开水的确是一件十恶不赦的事情，然后说："现在你们都感冒了，等你们感冒都好了，不行我就打发她走吧。"

回来我又安慰了一下月嫂，说我婆婆就是不愿意请月嫂，其实也不是针对她的。

月嫂倒看得很开的样子："没关系，其实要是真让我走也无所谓的，反正也快过年了。你婆婆就是儿女心重。"

这时候我带了一个星期小鱼，心里也有一些把握了，觉得自己也可以应付了。当天我就跟小鱼她爸说不行就让月嫂走吧，家里鸡飞狗跳的也不成样子。但是我希望小鱼她爸爸也能像他自己曾经承诺过的那样——"我就是你的月嫂"，不要把一切又都推给自己的娘。

问题是小鱼的爸爸夹在婆媳之间一定已经郁闷了很久了，生气地说我宁愿信任一个农村大婶也不愿意信任他的娘。这让我非常伤心，我觉得至少这也是我为了家庭和睦所做的让步，怎么不领情反而还横加指责呢？毕竟有月嫂我觉得很不错，至少我休息得很好。

我觉得这是我所能忍受的最后一根稻草了，我不知道我算不算产后抑郁。我在那天大哭了一场，抱着小鱼伤心地想：以后我的小鱼生孩子，我一定把她照顾得好好的，她就是要请十个月嫂，我也依她。

后来我婆婆又来找我谈了心，意思是月嫂请不请随我，老人家终归还是通情达理的。不过我还是让月嫂回去了。临走的时候我听说她那无良的老板让她走回去，大过年的，谁愿意在别人家受气啊，我就多给了她一百块钱坐车——必须承认也是手边没有五十的。

月嫂走了，回去搂自己的儿子过年了。小鱼她爹很是拿出了几分认真的劲头来履行月嫂的职责，一到晚上也一溜儿脸盆排开，统统倒上热水，晾凉了要给我擦身。他在一片蒸腾的热气中手拿毛巾，神情肃杀，也很专业的样子。入夜了小鱼哭将起来他也很踊跃地起来给小鱼换尿不湿和冲奶，这一点我很感动。虽然我不怎么太放心男同学照顾孩子，经常免不了亲自上阵。

有时候看小鱼她爹困成那个样子，也不忍心，就说"你睡吧我来"。然而这个敬业的男月嫂睡着了也是很警惕的，经常在我说"你睡吧"之后就睡了，又会突然醒来迷迷糊糊地问："要不要冲？"其实一个小时前已经冲过了，他还以为自己刚醒。

有时候小鱼吃奶吃着吃着耷拉着脑袋就睡着了，那个奶嗝死活拍不出来，放下又怕她吐奶，我就会多抱她一会。她趴在我身上，我们就保持这个姿势竟然也能睡一觉。

总之那以后，我真的就再也没睡过一个好觉了。小鱼的爹虽然尽职，但是由于白天总不肯补觉，隔个两三天就请求休假一次，让他娘来换他。小鱼的奶奶当然早就盼着这一天了，摩拳擦掌地就来了。

我很不习惯和小鱼奶奶一起睡，因为她睡觉的动静非常大，而且在沾枕头一分钟之后就开始了。我每晚也就睡个三四个小时，经常在没有尽头的长夜中几欲抓狂。

那些日子，我经常在深夜披头散发穿着睡衣在客厅散步，有时候也幻想在冰冷的长沙发上睡一会儿，但是在南方潮湿寒冷的冬天里坚持不了十分钟就乖乖回到床上去了。于是小鱼她爹一提出休息我就幽怨地用眼白看着他。

月嫂走了以后，小鱼奶奶明显心情舒畅很多，热情之高涨令我大为惊骇。早上五六点钟她奶奶就到我的卧室来报道，或者晾开水给小鱼洗澡。说实话也有点影响产妇休息。

婆媳过招的主战场发生了绝对的战略性转移。以前小鱼她爹是焦点啊，现在小鱼才是急待瓜分的新美洲。我也因此明白了她为什么那么坚决地不肯要月嫂。别说是月嫂了，她都快不让我这个亲妈管孩子了。

渐渐的我觉得她有点不是帮我带孩子，而是我终于给她生了一个孙女了！经常自言自语的："走，小鱼跟奶奶睡。"必须承认这种姿态在当时引起了我深深的敌意。不让我请月嫂算什么啊，我现在才算是真的火了。愤怒的一身毛都竖起来的老鱼就有点六亲不认了——"世上只有妈妈好"这首歌是有悠久的历史渊源和深厚的事实基础的，任何妄图把它篡改成"世上只有奶奶好"的狼子野心都是白日做梦。

我当时不着四六的表现是在任何一件微不足道的小事上和奶奶死磕。比如小鱼哭了，我一定在第一时间把她抱起来。即使小鱼在我的怀里立刻安静下来，奶奶也总要说："来来，给我吧，奶奶抱。"

我就冷冰冰地说："你忙你的去吧，我抱着呢。"

她奶奶于是经常跟我说："别老抱着，老抱着以后放不下了。"

其实谁都爱小鱼，一有机会都想抱抱。吃饭的时候，奶奶还一手抱着小鱼一边指挥别人给她夹这个夹那个呢。我也的确不相信什么总抱着放不下这套说辞，小鱼经常被抱着，可是自己一个人也很自得其乐。

现在回过头来看这一切，觉得那时候的自己亢奋得近乎可笑，其实我们家前胖子是公认的踏实顾家，我婆婆是公认的能干好相处，就我偶尔犯轴，也还属于善良的劳动人民之列。怎么一个月子，家庭矛盾就能激化到这种程度呢？

月子里感到抑郁的产妇实在是太多了。我听说过无数月子的故事，加上我的亲身体验，觉得如果这个问题全家人能够及早重视，齐心协力，或许可以把它过得更好。

为什么产妇在月子里容易抑郁？

首先她很累。怀孕的后期很多孕妇由于沉重的负担已经感到疲累不堪，再加上不管是顺产的全力以赴，还是剖腹的切肤之痛，她们都需要休息。可是她们一晚上要起来好几回照顾宝宝，连一个囫囵觉都变成了一件很奢侈的事情。

是的，宝宝很可爱，可是不要指望一个身心俱疲的新妈还满面春风地到处当知心姐姐，不可理喻的可能性倒是要大得多。

其次她有压力。自从计划生育政策实行以来，几乎绝大部分产妇都是初产妇。要想成为一个科学育儿的好妈妈，是需要时间去学习加练习的。她们不断地担心自己有没有把宝宝照顾到最好，有没有领会到宝宝每一次哭声背后的要求，生怕因为自己的原因使宝宝受委屈……

再次她很敏感。在孕期，孕妇是大家关注和关怀的焦点，等小宝宝出来，妈妈们一下子变成了屏幕上大大的"完"字，迫切需要这个过气明星的时候多半是："怎么奶都没有？宝宝吃不饱怎么办？快把这碗汤喝了。"

这个问题在婆媳之间尤其明显，我听到很多产妇抱怨婆婆眼里总是只有宝宝，没有产妇。

最后，她生了一个放大镜。

宝宝是光芒四射的家庭新成员，出生伊始就集几代人的万千宠爱于一身。但是宝宝还不是个独立的个体，我国隔代养育的问题又相当普遍，结果是谁都有自己对宝宝的一套。

很多家庭都是等孩子出生以后，婆婆或者是丈母娘才忽然造访，或者同时造访。而宝宝就像放大镜一样有聚焦作用，夫妻之间、婆媳之间、丈母娘与女婿之间、亲家之间，各种相左的意见，各种互相看不顺眼的矛盾都在短时间内急剧地爆发出来，并因相互作用而愈演愈烈，这时候谁还能那么淡定地"任尔东西南北风"呢？

如果一定要老人来帮忙照顾宝宝，我建议首先考虑宝宝的外婆。因为男人很少会因为特别琐碎的事情跟丈母娘起冲突，而母女之间即使有矛盾也不容易像婆媳矛盾那样上升到不容易调和的高度。如果是外婆或者是奶奶来帮忙照顾宝宝，最好在怀孕后期就开始同住。这样生活习惯上就可以先行磨合，不要等到孩子都抱在手里了还在针锋相对。

按照我的理解，能力挽狂澜的最关键人物就是宝宝的爸爸了。新出炉的爸爸们，我打赌，这一个月一定是你的妻子一生中最需要你的时刻之一。如果你肯受些委屈，表现得更宽容，你的妻子恢复正常以后一定会对你充满感激。

婆媳矛盾是最容易诱发产后抑郁的一个因素，而成功斡旋这一关系的唯一恰当人选就是宝宝的爸爸。

对来自双方的抱怨都要有耐心倾听的胸怀，但是绝不要去当传声筒。

有些爸爸听了妻子的话马上就会去跟妈妈说你要怎样怎样，听了妈妈的话又马上去跟妻子说你要怎样怎样。女人会马上分辨出这些微妙的言论其实来自"假想敌"，这样往往只能起到适得其反的作用。

全家人尽量在生孩子前就统一大的原则，或者明确主导方向，无法使婆媳双方都满足的情况下，爸爸们不妨自己做个"铁腕"父亲。弱化婆媳之间的冲突和敌对情绪，拿出一副自己为宝宝做了最好的决定的派头来。屈从于"假想敌"往往会使婆婆或媳妇产生挫败感，但是对自己的儿子或者丈夫顺从一次则不算什么大不了的事情。

我知道这很难，因此所有成功斡旋婆媳关系的丈夫都值得拿诺贝尔和平奖。

作为产妇，则应该尽量让自己心平气和，要相信都会好起来的，往光明的方向想一想，你是想一个月换三个保姆呢，还是有一个很疼孩子的奶奶？

还有一个问题是母乳喂养。每次配方奶粉一出问题，这个话题就又要处在风口浪尖上。

我深以为憾的是，我迫害了那么多鸡鸭鱼虾，也没能实现一天纯母乳喂养。小鱼吃得少的时候，母乳也不多。母乳多起来的时候，小鱼吃得也更多了。即使母乳最好的时候，一天也添了100ml配方奶。

母乳喂养专家提供了很多宝贵的经验和指导，同时把所有给自己的孩子吃上一勺配方奶的母亲都弄的像罪犯一样可怕。但不管这些关于母乳喂养的理论多么完美，我身边的绝大多数母亲都是混合喂养的，而且产假休完开始上班之后母乳会越来越少。这就是实际情况。

我从生产之前就开始做按摩以疏通奶管，生怕自己的哺乳条件不够好还买了乳头吸引器，从剖腹以后一直坚持让小鱼勤吸，我不看钟，我看小鱼（"看孩子，别看钟"是国际母乳会的一句著名格言，就是说，母乳要按需喂养，而不是按时喂养）。我没有因为害怕胸部下垂就不坚持母乳喂养，我没有因为乳头吸破了很疼就放弃母乳喂养，我生产之前就打印好了催奶的食谱，我尝试了催奶的中药。小鱼也是个完美宝宝，没有因为使用这种奶瓶那种奶瓶就引起乳头错觉，任何时候抱过来都是欢天喜地地大力吃起来。

然而还就是不够。

我不知道还有什么我可以做而没做的了，母乳多起来也是坚持到两个月以后的事情了，然而还是不够。

北京和睦家医院美国助产士乔伊的一句名言就是："每一个女人都是一头母牛，都有奶。"

是的，可是难道农场的每一头母牛产奶量都是相同的吗？乔伊知道我国妇女的产假只有三个月，剖腹也只有三个半月吗？知道上班以后产奶就不是这些母牛的唯一工作了吗？知道这些母牛不能在工作时间随时随地挤奶吗？

橘生淮北则为枳。淮南的人无论如何都觉得淮北的人种桔子的方法有问题。

我深信大部分妈妈都希望自己的宝宝是母乳喂养的。不用告诉她们母乳有多么健康经济环保，把宝宝喂得饱饱的，几乎是所有妈妈的本能。

事实上我生产的医院在妈妈有充足的母乳以前，都会用小杯子给孩子灌点配方奶进去，也是为了怕引起乳头错觉吧。

现在有很多人来问我那时候有什么催奶的好办法。我说我也问过很多人了，查过很多资料，简单说来也就是那几点：不要轻易放弃，多喝汤水，保持身心愉悦。

我觉得人的个体之间是有差异的，尽到自己的最大努力就行了，孩子吃不饱是要叽里哇啦乱叫的。你是一边看着孩子哭一边想"我要身心愉悦，这样有利于母乳喂养"，于是就能迅速愉悦起来有充足的母乳呢，还是庆幸自己不用给孩子喂面糊糊，因为现在有配方奶粉这回事情呢？

第三节　我爱公主菲奥娜

小鱼刚出生的时候，在医院里表现出惊人的挑剔。只要尿不湿上有一丁点儿的尿湿或者她的小指甲盖那么大的一点儿粪便，她都会立刻哇哇大哭起来，仿佛遭遇了多么大的冤屈。只要换上新的尿不湿，她便会像按了静音键一样马上安静下来。小鱼她奶奶说，我们家还出了一个豌豆公主。

妈妈都会觉得自己的女儿是公主吧，或者希望自己的女儿像公主一样长大。

说起公主，我于诸多公主中最中意的不是白雪公主，不是人鱼公主，而是菲奥娜公主，《怪物史瑞克》里面的那位菲奥娜公主。我记得当时看到菲奥娜公主的魔法解除，在一片绚烂的星光里转啊转……最后停下来变成了一个……女青怪的时候，我被这种冷幽默狠狠地撞了一下腰。其实就是这样，即使成长的秘密咒语解除以后，并不是每个人都能变成白雪公主。

我对白雪公主之流是很不感冒的，又年轻又貌美，又有个有权有势的爹，又有白马王子来搭救，有什么理由不"从此和王子幸福地生活在一起"？跟这样的童话标本相比，菲奥娜公主多酷多有血有肉啊。变成女青怪，嫁给男青怪，生一堆小青怪，还不是幸福得一塌糊涂。

我不是希望小鱼像青怪，我是希望小鱼能明白，幸福不是美貌、有钱的爹和骑白马的王子。幸福是掌心的痣，不论人生的际遇是什么，都要永远把握手中。

生了女小鱼，朋友纷纷恭喜我们已经是开了招商银行了，不用为儿子头破血流地攒彩礼，如今儿子才是赔钱货云云。虽然都是戏言，不过女孩子长得漂亮就不愁嫁是个传统老调了，仿佛一生就随着这个最主要的问题迎刃而解，从老爸手里顺利过渡到老公手里就行了。

我不希望小鱼树立什么不愁嫁这种低级的人生目标，而应该像菲奥娜公主一样，不论上天赐予了什么，都不能遏止小鱼势不可挡的幸福。

小鱼生出来以前，我和前胖子都想要个男孩。

我们并不算真正意义上的重男轻女。前胖子想要男孩，我分析是屈从于重男轻女的低俗邪恶势力，认为生了男孩子自己才显着特有本事。男同学嘛，谁都有那么几个特以生儿子为荣的哥们。

我可以向毛主席保证，前胖子绝不是那样的人，要不我就不跟他结婚。但是据我分析，前胖子无疑想在这些人面前扬眉吐气耀武扬威。

我呢，我觉得女性这个性别到底弱势。不说别的，就看看生个孩子，比男人多遭多少罪啊。那么多年了，都还在为男女平等而斗争。

都说"男怕入错行；女怕嫁错郎"，把自己的幸福维系在别人身上，是多么被动的一种幸福。成点小功，还往往是因为背后站着一个让她伤心的男人。所以我那时候想生个男孩子，成不成龙的无所谓，至少不用费劲巴拉地证明自己不比男人差。

　　然而小鱼偏偏是女的。这个没有能比我的网友钗钏金阿姨讲得更好的了：小鱼，跑的最快的小鱼把那么多男孩子都甩后边儿了，多棒的小姑娘！

　　等我真的怀抱小胖鱼的时候，我就觉得男女真是太无所谓了。反而觉得上天赐给我一个女儿，肯定有比我所能理解的更深远的意义。它绝不单单是为了扼杀一个可能的糟糕婆婆。

　　前胖子问我，你那时候想象的小鱼是这样的吗？我摇摇头。他又问我，那你满意吗？我很憨厚地连忙点头。我的小鱼这么可爱，她早就超越了我的想象，我可没有这么生动可爱的想象。

　　只有可恶的前胖子老拿这件事情调笑。他老是对着小鱼说："人胖还跑的快得不行。"

　　再不就是："你又不是小男孩，跑那么快干什么？"

　　等小鱼再大一点儿，我就坚决制止他。

　　要是我能再生一个，我会觉得男孩女孩都很好。即使你连着生十个女儿，她们也都是不一样的，每一个孩子都是独一无二的。这种独一无二是那么栩栩如生，几乎使我忽略了同一个性别之间的共性。我的目光只是深情地胶着在我的孩子身上，仿佛忘却或者超越了男女之分。

　　相貌对一个人是很关键的，我不希望小鱼成为一个以貌取人的人，但是我认为世间的大部分人都是以貌取人的。所以我当然希望小鱼长得一般的天生丽质就好了。

　　小鱼刚生下来的时候其实是非常难看的，只是当时也不觉得，反正一医院的新生儿，都没有好看的。来探望的亲朋好友明显觉得要夸却下不了嘴，端详半天，一般都说"这孩子头发真好"或者"这孩子眼线好长哦"。

当然，"好胖哦"是肯定免不了的。奶奶经常抱在手里说，不会给我们抱错了吧。

后来渐渐的，脸上的浮肿退了，眼睛就显得大起来了，没有赵薇那么大，也不小了。

生出来过了一个星期多的时候，我发现她不是没有眼睫毛，她的眼睫毛都藏在眼泡里头呢。慢慢的，眼睛睁开了，眼睫毛就一点一点都放出来了，很长，有点弯，高兴的我说："刚生出来眼睫毛就比爸爸长，小伙子有前途。"（也不知谁先叫的，反正我们家有时候会管小鱼叫小伙子。）以前很塌很塌的鼻子，慢慢也长起来了，以前的胖腮帮子，慢慢也瘦削起来，下巴也就尖细起来。总而言之，生下来难看的好处在于，总会越长越好看的。

意外的是小鱼竟然长了一个痣。好像是两个多月的时候吧，有一天爸爸突然说，"这是什么？"

然后指着小鱼眼皮儿下边的一个小黑点儿说："你看。"

我们两人轮流擦拭了一番，还是没有掉，终于确信这是一个痣了。后来这颗痣还稍微长大了一点儿，小鱼爸爸仇恨地看着我。因为我脸上侧边很有几个痣，北斗七星一样，江湖人称"痣多星"。

凡是小鱼长得好的地方，爸爸和我都抢着认领。比如爸爸对小鱼大大的、软软的、肉肉的、耳垂长长的耳朵很是得意，认为得到了他的真传，是象征着好福气的。我就冷笑着揭他的短："哼，这么长的眼睫毛总不至于也是像你吧？"

不好的地方都是小鱼同学自主研发和创新出来的，比如那一度胖大的腮帮子。

我的初衷是写一本怀孕日记，把它作为一个成人礼一样的礼物送给我的小鱼。可是后来一想，如果能把小鱼的成长记录下来不也是一件很好的事情吗？如果能坚持下来，那也就可以成为一个联系着一对平凡母女的传奇了。不过从此，我就不再使用第二人称了。

至于这份礼物会选在什么时候给小鱼，也许在十几岁的时候吧。我没有实际的教育孩子的经验，只是觉着十几岁的孩子最是青黄不接别扭难搞了。说成熟吧，还涩；说嫩吧，都懂得那么多了。

这个阶段的少年的愤怒在于刚刚清醒地认识到了这个世界是牢牢地把持在成年人手里的，但是还没有能力进行实质性的反抗，只好用不听话来表达。于是弄点什么家长不喜闻乐见的发型、着装、兴趣爱好，鄙视父母的过时言论，以此笑傲父母这些老年人。

可能人都有这个阶段吧，等真到了社会中坚的中年阶段，上有老下有小的，就体会到中年危机了，巴不得谁来替自己把持一回呢。

我估计小鱼这个时候不会让我省心，我希望在那时把日记给她看。希望老鱼作为妈妈，小鱼作为孩子，两个人共同成长的经历可以打动她。希望她能觉得，老鱼也是一步一步变成老鱼的，希望她能明白我们的距离，也许没有她以为的那么遥远。

小鱼没有出世的时候，我也很想留下一些至理名言，让小鱼将来醍醐灌顶，就像名人写信一样铿锵有力，仿佛知道这一页将来会出现在《名人书信录》里。然而当时我摸着头顶想了很久，实在觉得没有什么是非讲不可的，勉强记了一些，也作为历史和礼物的一部分吧：

■爱惜牙齿和名誉，要从小的时候起。

■不要惧怕和大多数人不一样，跟大多数人一样，说明你很大众；和大多数人不一样，你还有出众的可能。

■不要装腔作势，人生是这么短暂，花在活给别人看上，太浪费了。

■人生最宝贵的就是自由，很有限的自由，因此要珍惜自己每一个可以自由的决定。

■做人要有目标，才会有存在感和成就感。

■人的一生，错误是在所难免的，有些当时觉得非常可怕的错误，回头来看其实也没有那么可怕。面对错误的勇气是一定要有的，要不然一个人不可能长大。

我希望我的孩子在任何时候都能明白，我永远不会放弃我的孩子，不管她觉得自己犯下多么可怕的错误。

我希望我的孩子信任我，而不是惧怕我，尤其是在她未成年的时候。如果在她感到最需要帮助的时候，走向的不是我，而是别人，我一定觉得非常失败，因为我爱自己的女儿爱得那么失败。

我并不希望和我的孩子成为无话不谈的朋友，像很多模范家长标榜的那样。我觉得差几十岁还无话不谈是很古怪和可疑的事情。该和同龄人谈的就和同龄人谈吧，朋友是人生不可或缺的重要组成部分，交朋友，尤其是交恰当的朋友是一种非常宝贵的权力和能力，应该从小加以锻炼。

现在看看，不得了，动不动就说到人生了……

第四节　小鱼冲击波

当年有一个小男孩降临在广岛，使得世界的格局发生了翻天覆地的改变。今天有一个叫小鱼的小女孩降临在我家，也把家里的人际关系全都打乱重新洗牌。

把一个孩子对一个传统家庭的冲击，说成是原子弹一点都不为过。

一方面，我觉得一个母亲对家庭的投入比一个妻子更深。当我看到小鱼她爹在逗小鱼玩的时候，我的心里充满了黏答答湿漉漉的情绪，觉得这要离了小鱼和她爹，我还能过吗？肯定没法儿过了。所以我说，幸福，就是惧怕失去。

另一方面，我和小鱼她爹龃龉的次数也是以前的十倍。我想一部分原因是由于我和公婆的矛盾间接影响到了夫妻的感情，一部分是有了小鱼以后，我们也要重新调整自己身兼父母和配偶双重角色时的心态。

家里添了一个孩子以后，多出来许多事情，大部分照顾孩子的琐事，男人也帮不上什么忙。作为一个疲惫的母亲，我的耐心明显比以前更少了，情绪更激烈了。

我自己总结，女人在生了孩子以后有个通病，她会很自然地把孩子放在其他一切人之前。但是丈夫分散掉原先对妻子的关注和精力之后，妻子普遍会觉得丈夫对自己没有以前好了。

孩子是一个家庭的第三者，这是真的。

其实我们在月子中遇到的矛盾基本会在很长时间内存续，放大镜的聚焦作用还在，只是没有月子里那么暴风骤雨罢了。

我记得小鱼刚刚会从爬到坐的一天，小鱼她爹在客厅叫我去看。我发现小鱼一个人坐在地上，后面就是餐桌的桌子腿儿，她爹和她爷爷都大刺刺地站或坐在小鱼跌倒时不能抢救的位置。

小鱼当时虽说自己能坐，但是笑得前仰后合或者挪动的时候还是可能失去平衡往后栽倒，上次我近在咫尺都没能把她拉住。

这样的情景让我很是着急，我一边把小鱼抱到安全的地方，一边说："你们怎么让她一个人坐在桌子腿儿前面？"

他们却很不以为然地说什么不要紧啊，不可能啊，小鱼现在是大孩子啊没问题啊这种话。我越听越生气，说怎么不会跌，明明经常栽倒。

我急赤白脸的，小鱼她爹就说我犯病了。后来又严厉指责我对他爸爸说话的态度恶劣。

我承认我态度恶劣，但是是谁会拒绝承认这么显而易见的事实？

他说小鱼她爷爷怎么可能会不知道呢？他当然知道，父子俩都拒绝承认是因为老人必须有面子，不能错。

我目瞪口呆——知道了你们还让她那么一个人坐着？知道了干吗还要口是心非？

我简单而直接的头脑被这种复杂的逻辑彻底弄糊涂了。在我的逻辑里，实事求是从来不是一件可耻或者失面子的事情。我那样说就是希望引起大家对小鱼安全问题的重视，我根本就没想到要证明谁对谁错，或者指责谁没有把我的小鱼带好。事实上我觉得爷爷把小鱼带得很好。

只是想到小鱼下次还会这样一个人危险地坐着，我就五内俱焚口不择言了。更何况小鱼她爹都把我的小鱼掉在地上一回了，怎么还说这种话呢。

然后大家说了一些你们家我们家这种伤感情的话，不欢而散。这让人感到一个人不论结多少次婚，在肉体上和另一个人多么紧密，都弄出一个孩子来了，我们却仍然是自己一个人。这样想不免让人感到周身发冷。

再比如小鱼四个月要加辅食的时候，我认为她天然是小胖鱼，又是过敏体质，在辅食上完全没有必要激进。我一再跟爷爷奶奶强调，一开始吃辅食就是试吃和练习吞咽，营养主要还是靠母乳和配方奶粉。吃嘛，你见过谁最后没学会吃么？

爷爷奶奶可能是想给我们省奶粉钱，加上我也上班了，管不到，所以他们在家什么都给小鱼吃，恨不得小鱼立刻就自己端起碗大鱼大肉。回来我问时还经常不"据实回答"。

有一天爷爷不知听了小区哪个著名老太太的意见，回来郑重地说要给小鱼多喝奶。我那叫一个双目含泪又七窍生烟。

类似的问题，不胜枚举，我相信很多家庭都有，永远也不会有一劳永逸的解决之道。除了宽容和冷静，没有旁的办法。

所有的事情，都会有转机，因为小鱼的诞生所带来的家庭关系的重新磨合也是一样。有孩子以前我其实并不情愿和老人住在一起，因此有些东西就假装看不见，有些东西能回避就回避。可能也正因为是这样，我才特别厌恶那种突如其来的短兵相接——孩子在所有人之间建立了紧密的联系，情愿或者不情愿的。

然而随着时间的推移，我心里的戾气也慢慢化解了，感觉到自己过分了。上一代人那种艰苦朴素、任劳任怨的情操最终征服了我。我渐渐的也开始享受这种挺小市民的幸福生活，觉着一家三代住在一起其实挺有乐趣的。

奶奶和我的新鲜劲儿也逐渐过去了，如今小鱼也不再那么炙手可热，大家非要抢着抱了。她奶奶开始怀念早上出去跳舞白天出去打牌的好时光，我也在嗟叹"哎呀半年没看过任何一部美剧了"。大家逐步恢复了正常。

当早上五点小鱼快乐地醒来，我可以把她拿出去跟爷爷奶奶玩儿，自己再睡一觉的时候，我的心里充满了感激。当我要上班，爷爷奶奶把我的小鱼照顾得好好的，一万个保姆都比不上的时候，我的心里充满了感激。

相反的是，一个人带着孩子有什么意思呢？当你的孩子会翻身会走路的时候，连一个在旁边分享你快乐的人都没有！

孩子不光是放大镜，同时也是最好的粘合剂。我和小鱼她爹以前闹了不愉快，并不吵架，只是面目冷淡地过几天，然后大家慢慢地恢复正常。

现在有小鱼了，谁看着这么可爱的小家伙也无法长久地生气。而且有了小鱼，谁有求和的心态，就借着小鱼来说话，完全不着痕迹，消除那种讪讪的意味，大家就都很有面子地又一团和气了。用奶奶每天看着小鱼要说至少十次的话说：真好。

第五节　老鱼的改变

我说过，有了小鱼，是使我变化最大的一件事情，脱胎换骨一样的变化。

一.身材

在所有的变化中，最让我耿耿于怀的，使我到处像祥林嫂一样宣扬"姐们废了"的，莫过于身材了。

在医院能下地以后，我又到医院的秤上去站了一下，还有130斤，于是我的眼前又是一黑。

我依照当地人的风俗，剖腹产坐了双满月。在这两个月里，我只是躺在床上喝各种难喝的汤，迫害了许多鲫鱼和虾之后，不敢期望体重下降，没有继续上升已经是大幸。出门行走，偶尔还有个把不明真相的群众无视我幽怨的眼神，极其没有眼色地试图把我当成孕妇来照顾。

后来体重一直没有变化，我十分慌乱——不是说什么孕期储藏在臀部和大腿的脂肪此刻都要转化成甘甜的乳汁吗？赶紧转化呀，还等什么？！

直到我休完产假上班，发现即使我使出超级无敌的怀孕大法，很多使人脱发的事情也依然没有躲过，那一个月的劳作才使我很突然地瘦了4斤。之后我终于开始以缓慢的速度瘦下来，得以像个一般的胖子一样，混在路人甲乙丙丁的队伍里。

刚出月子的时候，我想做两个仰卧起坐，发现我竟然一个都起不来，简直就沦为一堆肉了。以至于后来有一天我发现自己可以起来的时候，一口气做了几十个，第二天连笑都不敢笑。

小鱼快半岁的时候，她爹在看报纸，突然说："胖妈，这里说，产后半年恢复身材也是正常的，有些明星产后一个星期就急于恢复身材，是大可不必的。"

然后看着我说："你有半年了吗？"

我说还差几天。

她爹的眼睛飞快地瞄了菜刀一眼，说："哎呀，那要恢复就只有采用物理的办法了……"

我开始怀念产检的时候，医院里那些脸上起着妊娠斑吃力行走的和我一起奋斗过的战友们。如今她们都消散在茫茫人海，不知所踪，只留下我孤身一人，腰身臃肿，面目全非，独自面对满街潮男潮女。

怀孕时来回穿的几件孕妇装，我早就穿恶心了，可产假之后将要上班的时候，我发现此时的我比怀孕时还尴尬。满满一衣橱的上衣我仍旧穿不了，即使穿上也是短小可笑，没有一个正常人会那样在街上行走，裤子嘛……我也不必去自取其辱了。鞋子只有怀孕时穿的那双可以穿进，手表啊戒指啊通通的紧，皮带的眼儿都不够使……

那种心情与其说是焦虑或者难过，还不如说是纯粹的愤怒。我被生活大大地调戏了。

我抚摸我心爱的细腰的旗袍，那种心情绝不亚于暮年的将军抚过自己雄姿英发时的铠甲。

我甚至还有一条24号的牛仔裤，我已经不能理解我当年是怎么把它穿进去的了。我应该把它们都挂在墙上，贴上《胖妈年轻时候穿过的》，以组建一个纪念风华年代的小型家庭博物馆。

然而班总是要上的，人也是要见的。只好火速跑到商场随便买几件能穿的衣服。如果你在那时尾随我，会发现我严肃认真地告诉每个柜台的专柜小姐：我刚刚生过孩子！所以我才需要穿这么大的衣服！就好像她们会在乎一样。而没有说出的无声而又巨响着的潜台词是——你，你们，不许用这种看胖子的眼神看着我，我是一个待瘦者！

我不爱照镜子了，也不爱逛商场了，满街的漂亮衣服穿不上，还不够让人生气的？

我转而把满腔的购物热情都发泄在小鱼身上。我都不敢告诉小鱼她爹，我即使从现在开始不买衣服，小鱼的衣服也可以穿到好几岁了。

我还性情大变，比如我在大街上吃冰淇淋，总觉得有人向我投射过来谴责的目光。我想假如我从小就这么胖，一定没有现在这么阳光。

同时我发现自己具备了前所未有的亲和力。我发现，尤其是从那些现在才认识我的人身上发现：人们普遍容易放松对胖子的警惕。他们觉得胖子面团团的，肯定不会尖锐和凌厉，更加不会有俊男美女的那种危压和傲慢。

而当我胖了以后，我发现真正在意我体重的人是谁呢？是那些胖子！或者小鱼她爹这样的前胖子！天天盯着我戏弄我相煎很急的，恰恰是这一部分胖子。那种幸灾乐祸的表情总是溢于言表——你也有今天呀。

我甚至觉得我可以写一篇文章，论证身材与性格以及人际关系的关系。然后发在哪个报纸的夹缝里，开头就写"据有关研究表明"，以供群众消遣和引用。

单位的小同事在电梯里说："鱼姐姐呀，你可不能自暴自弃呀，我刚见到你的时候，你可不是这样的，那时我们都叫你××部的冰山美人啊。"我很受伤，外伤——美人已乘黄鹤去，空留冰山在人间。

与此同时，孩子她爹却以惊人的速度消瘦。有一个孩子对母亲生活的影响比对父亲要大得多，我几乎哪里都去不了了。可是他还是可以纠结一帮猪朋狗友去打篮球，弄的宽肩窄臀身材很好的样子。

朋友见了我们必然要关切地说："哎呀呀，胖子怎么瘦了这么多，带孩子累的吧？"胖子浅笑而矜持不语，这时受了绝对内伤的我也只能把飙出的血再咽回去。人家问起小鱼她爹目前在做什么，我都皮笑肉不笑地说："职业篮球运动员。"

我还没有生小鱼的时候，大家说，没事的，生了就瘦了。生了小鱼之后，大家说，放心吧，带孩子很辛苦的，马上就会瘦的。

现在我的体重虽然没有完全恢复到以前，但是也相去无多了，很多朋友都说我恢复得不错，但是所有当过母亲的人都知道，我们再也回不到过去了。

很多妈妈都会不同程度地经历这个过程吧。谁不喜欢紧致的充满弹性的身体呢？谁会喜欢无所不在的肥胖、松弛以及下垂呢？几乎自然界的所有物种都把自己的精华凝聚在繁衍这个过程，耐心地积累，喷薄而出地给予，剩下来的是什么呢？一声无奈的叹息。

一个伟大的时代已经结束了，我看看我心爱的小鱼，又觉得一个更伟大的时代已经来临。

二.绝望主妇

生完小鱼刚上班以后，一个也是刚生过孩子不久的同事问我：你有没有觉得头发掉得特别多？我说不觉得啊。

话音还未落呢，我就像秋天的猫一样，从谁身边过都蹭谁一腿的毛。家里到处是我掉的头发，不堪入目。我非常厌恶脱落的头发，它们死乞白赖地纠缠在一起，散发出死亡的绝望气息。

当然我还不至于为几根头发太绝望。

我第一次感到绝望是小鱼两三个月的时候，她添了闹觉的毛病，到晚上要睡的时候，一定要人抱着走来走去，坐着是不行的。你的屁股和床的接触面积刚超过一平方厘米，小鱼就不知是通过红外还是什么的迅速探测到了，像打开阀门一样号哭起来。

我是无法理解小孩子为什么要闹觉了，困了就睡呗。睡觉是一件不需要国外引进资金，不需要任何专利技术就可以自行解决的问题，闹啥呀？真困假困呀？爸爸抱又不行，我只好几个小时地抱着小鱼走来走去，威胁她再不好好睡觉，再乱哭，就把她从窗户扔出去。

那时候，我觉得很绝望，现在看看，那会儿还休着产假呢，晚上累了第二天白天随便就可以补一觉，都幸福死了。

后来上班了，开始体会到要兼顾工作和家庭是多么不容易。

我想妈妈们都有过这样的瞬间吧，好不容易把孩子哄睡了，自己也困得要死，想想明天还有那么多的工作，真想也一头倒下就睡了。可是看看家里一片狼藉，孩子的玩具、衣服、尿布乱七八糟摆得到处都是，盆里还泡着衣服没有洗，床单被套说要换几天了，也没换，洗沙发套洗窗帘这样的大型家务简直都没有时间去梦想了……这时的我又很绝望。

我是一个很宅的懒人，对我来说，休息日一定要有那么几个小时，干一些无聊的事情。比如一边关注一下北美电影的最新排行，一边吃些个无益的垃圾食品，妙脆角之类的，这样才算休息过了。要不然我就会觉得这个休息日我怎么没休息啊。

用这个标准来说，有了小鱼以后，我就再也没休息过了。干什么我都没时间，现在下班以后的时间大部分我都忙于把各种东西从小鱼的嘴边夺下来，或者把她从电风扇、拖鞋这些违禁品面前拖开……

我的休息日和工作日已经和过去完全倒置了，现在我最累的就是休息日，想歇会儿全靠上班。星期一再也不是黑色的了，改粉色了。我也前所未有地钦佩全职太太们，我请求大家给予这些似乎什么也没干就是带带孩子的人极大的敬意——上班算什么呀，带孩子可比上班累多了！

当小鱼生病的时候，我明白了什么叫真正的绝望。当小鱼生病尤其是发烧的时候，我就肯定睡不好。又着急，又要给她物理降温，睡那么两三个小时还要去上班，我可以明显地感觉到自己的精力不济。有时候我自己召集了会议，但是在会议当天的早晨，才发现自己还没订会议室呢，这样的错误在以前是不能想象的。

这种疲累和绝望在一个周五早上达到史上极致。那次小鱼生病，我很长时间没有休息好，导致抵抗力也很差了，自己也感冒发烧了一晚上，还要照顾小鱼。早上起来的时候我就有一种大势已去的感觉——全身酸痛，头疼无力，眼眶发热，行走的时候都觉得脑仁儿在脑壳里因为晃动而疼痛，洗脸的时候觉得手和脸都是木的。

我没得过什么大病，也没因为感冒这种小病这么难受过。当时是工作最忙的时候，我也实在不好意思在没有做任何交代的情况下就不去上班了。

我什么也没有吃，咬牙去上班了。一句废话我也不想讲，一步路都不想多走，大热天我穿着外套还在瑟瑟发抖，只想着等我把活儿干完了，我就回到家，躺在软软的大床上，美美地睡一觉。

一直坚持到下午两点，剩下的可以交给别人了，才终于被小鱼爸爸接回了家。我一头倒在床上，没有想象中松软，我好像被自己的骨头硌疼了，连小鱼我也顾不上了，就昏睡过去了。

还有必要跟我们家对面的邻居解释一下，我们家为什么老有半夜洗衣服的盛景出现。我不是童养媳，我只是忍不住陪孩子打了个盹儿，结果发现衣服还没洗呢。

三.殊途同"龟"和幼吾幼以及人之幼

有了小鱼之后，老鱼身上也发生了的最积极的改变是：开始喜欢孩子了，谁的都喜欢，看到孩子就好事地前往搭讪，再不会较真地贩卖什么"泛爱就是抹煞个性"那一套很轴的理论了。

最爱的当然是小鱼，尽管我有时候威胁要把她从窗户扔出去。我自己琢磨着，我看小鱼多妩媚，有这么几层意味。

首先我们大家都会觉得小的东西特别可爱。比如小鸡小鸭，毛茸茸的一团，放在掌心怎么看都觉得——"小小的一团羽毛，正在把整个世界温暖"。可是等这鸡鸭长大了呢,一见之下,想到的就是白斩鸡、盐水鸭之类,再不会想到凑到手上脸上去蹭蹭了。

人其实也一样,小孩子有小孩子特有的那种味道,胖嘟嘟的,带着奶香,不能如成人般灵活,但有一种熊猫滚滚一样的笨拙和娇憨。

当我看到小鱼吃着她自己的小胖手,或者高兴地挥着小嫩藕一样的胳膊,或者咧着嘴一摇一晃地向我爬过来,或者沉睡的时候鼓着小胖脸发出轻微的呼呼声⋯⋯我都由衷地觉得,真可爱啊,必须马上亲亲她!

其次,小鱼是我怀胎十月生出来的,即使全世界没有人觉得她可爱,我肯定也会觉得她可爱的,就是这么不由分说。殊途同"龟"——势不可挡地变成自己嘲笑过的乌龟妈妈,是一定的了。

也许小鱼将来还是会觉得我是个没有耐心的妈妈,可是我已经比我想象中的有耐心多了。

当妈妈比我以为的要有乐趣得多,当我把哭得稀里哗啦的小鱼抱起来,她小小的头靠在我的肩膀上,立刻就停止哭泣的时候,其实我比她更享受这个瞬间。一个沉甸甸的小人在我怀里,给我无穷的沉甸甸的信任和依赖,使我觉得我简直胸怀世界。

她以为妈妈不见了却突然看到我,马上破涕为笑,又一脸委屈地"哒哒"跑过来,可怜巴巴抱着我的腿的时候,我觉得她真可爱。她自己撩起衣服,拍着肚皮说"皮",我亲亲她的肚皮她就忍不住咯咯笑起来的时候,我觉得她真可爱⋯⋯

生孩子之前,我对喂奶这件事情非常抵触。经常闷闷不乐地想,还要喂个少说一年半载的奶,想想都觉得烦躁,女人变成大妈就始自奶孩子。角马的孩子生下来过几个小时就跑得比狮子还快呢,人的孩子怎么还要吃这么长时间的奶，还什么都不会干！

等我真的有了小鱼之后，我很高兴有这么一件事情，可以在任何时候让她不哭、不打嗝、不闹、去睡觉。我跟前胖子说，哎呀，真是超级无敌催眠止嗝奶啊，无上的法宝。

对小鱼这一朵花的喜爱也渲染到了整个世界，我看待其他孩子的眼光也发生了改变。

以前我对孩子兴趣不大，我总在社交场合彬彬有礼地称赞他们，暗暗隐藏着对他们不懂事的不耐烦。甚至可以说对孩子没有什么概念，我不知道多大的孩子应该是什么样的。为了不问出太可笑的话，一般抱在怀里的我就问几个月了，在地上走的就问几岁了。

可是现在完全不一样了，我会在街上都特别留意孩子。我突然发觉外面竟然有这么多孩子，以前怎么没有看见呢？看来这世界不是缺少孩子，而是缺少发现。

当我看到孩子在商场旁若无人天真烂漫地大声唱着自己才懂的歌，或者在路边因为妈妈抱他转圈圈就叽叽咯咯地笑起来，再或者无声地带点任性地伸出细瘦的手臂要人抱，我就会情不自禁地微笑。如果碰到妈妈们的目光，我们就交换一个心领神会的微笑，一个母亲才懂的无声的微笑。

有一晚我把小鱼哄睡以后，放下想给她穿睡袋。哪知道她没有睡实，突然一骨碌爬起来，然后大睁着眼看着我，向我爬过来，往我身上一靠，就准备睡了。

我欠身去关电热毯，小鱼一直爬过来追着我，我以为她要醒了。结果她只是爬到我身边，胡乱地想靠在我身上，趴在我身上，或者蜷在我身边，准备就这么睡了。

我赶紧把她抱在怀里，我看到她脱了臃肿的棉袄以后小而单薄的身体，以及对比之下显得更大的头，忽然意识到我没有像爱小鱼这样爱过任何人。

　　王小波有一句话，并不发自这种语言环境，但是可以贴切地用在这里：

　　不管我本人多么平庸，我总觉得对你的爱很美！

第五章　吾家有女初长成

好大一股胎气　你的月子抑郁吗？　开合中西文化的裤子　小鱼现形记
说"不"的智慧　动了动了，宝宝动了　孕妇猛于虎？　疯狂网上大采购
十二分急以后的B超
月嫂与婆婆不可得兼？　糟糕，感冒　老爸记分牌
男西瓜还是女西瓜　人为什么要生孩子　出人命了　好大一股胎气　动了动了，
疯狂网上大采购　犹抱琵琶半遮面　小荷才露尖尖角　病如西了

第一节　小家伙的大动作

婴儿的身上有一种原始的、顽强的、旺盛的生命力，以绝对惊人的速度成长，以百折不挠的劲头尝试。这就是生命的原动力吧，进取而充满朝气，这种力量是很让人感动的。我认为这种像种子拼命冲破泥土一样的动力大部分成年人其实都丧失了，他们都放任自己在死水微澜的生活里成为行尸走肉。

是的，有时候我舍不得孩子长大。小时候他们看上去像一个一个的奇迹，长大后却都变成了寡淡平庸的"我"们，也许生活不是个好的艺术家。

比较精细的手部动作容易被忽略，比如，小鱼是什么时候可以准确抓握，什么时候可以灵活地用手指翻书，我都说不出了。不过令我感到庆幸的是，在那些小家伙的大动作上，比如翻身、走路等等，小鱼几乎是一个按照日程表生长的孩子，到什么点儿干什么事儿，正常到不能再正常。

我很高兴，这就免除了对我的考验。要不然的话我会到处去问"我的宝宝都X个月了怎么还不会爬啊"这类问题的。一般的人是记不住"新生儿时期婴儿会有75种反射动作"这些术语和理论的，但大部分人都会通过这些里程碑式的事件关心宝宝是否在健康顺利地成长。

婴儿的第一个里程碑是抬头。在小鱼2到3个月的时候，我们经常把她翻过来（一只手提她的一只手，一只手提她的两条腿，这应该是我从哪本育儿书里学的一种婴儿体操）趴在那里，这个时候凑在她的脸前面跟她说话，或者晃动玩具可以吸引更多的注意力。她就很努力地把脖子直起来（其实真的看不出她有什么脖子），每每力不从心地一头栽下去，然后埋着头一阵乱拱，非常好笑。

到3个月的时候，她就比较顾盼自如了。雄赳赳气昂昂地抬着头，可是宝宝百天照的标准姿势哦。

抬头之后的下一个大动作，就是翻身。

记得很清楚的是小鱼4个月整的时候，那天还是母亲节，我们都坐在沙发上。小鱼突然没有任何征兆地突然打了个滚儿，向奶奶那一侧翻过去（奶奶体重比我重，那一侧的地势比较低），然后若无其事地趴在那里东张西望起来。

我们一干人比她激动多了，拼命鼓励她再翻一个，哪知小鱼根本不理。后来总是隔三岔五，随心所欲地乱翻，而且一般总是往一侧翻，即使她已经学会了往另一侧翻。

翻身之后还发生了一次著名的落地事件。有一晚小鱼在大床上睡着了，我本想把她放进小床，可是挪动了一下她就露出要醒的端倪，我就不敢动了。于是让小鱼继续在大床边睡着，我把她托付给前胖子，跑出去吃荔枝了。

结果前胖子大刺刺自管自去洗澡了，我在厨房远远的听到有哭声，而且与往常有异，赶紧跑过来一看，床上赫然已经没有孩子，再一看，孩子正躺在大小床之间的地上哭呢。

那时的我是一个没见过什么阵仗的新妈，吓得失声叫了起来。我赶紧把小鱼抱起来，浑身都有点哆嗦，急哭了，心里就一个念头：坏了，孩子摔坏了。

所幸孩子无恙，哭了一会儿就好了。自此再也不敢把一个会翻身的孩子留在床边这种危险的地方了。孩子的成长与风险是成正比的，还是躺在那里无法动弹的时候比较省心。

3到4个月的时候，就可以进行拉坐。就是把躺着的孩子慢慢地拉起来，由仰卧位拉成坐位，不过动作一定要轻柔，因为婴儿还不能很自如地控制头部。

到6个多月的时候，小鱼基本可以自己坐住了，但是有时候会突然失去平衡地往后栽过去，快得人拉都拉不住。床上还好，在地上就是"嘣"的一声，然后小鱼瘪着嘴就开始哇哇哭起来了。

也是这个时候，小鱼开始想要爬了。从坐到爬是比较容易的，往前一扑就得了。她对面前的报纸啊遥控器什么的十分向往，一开始只会不得要领地趴在地上乱蹬，把身子绷得紧紧的，拉得长长的，最长的手指头伸到最远，拿指尖往自己的方向扒拉。要是以她静止所能拉伸的极限还是够不着就恼羞成怒地哭了起来。

后来这一顿乱蹬之中有那么一两脚起到作用，小鱼就自己总结出了规律，慢慢的可以挪动一点。因此要说她是哪个时点会爬的，可能还真的说不出来，这就是一个缓慢的循序渐进的过程。

很多孩子在这个阶段都是往后退的，不过小鱼倒是直接就勇往直前了。在刚开始会爬的时候，小鱼并不是用膝盖爬行的，而是用脚。脚趾，尤其是大脚趾起到关键的作用。这时候如果趾甲剪得不勤，大脚趾的趾甲都可能劈掉。

这时候的爬行也比较可笑，她奋力匍匐前进的样子，感觉像个小战士一样。要是给她斜挎一个奶瓶，背上她的纸尿裤，脑门子上再来一张退热贴，肯定就是一个轻伤不下火线的小伤员。

这样爬了有半个月以后，小鱼又开始做出像俯卧撑那样的姿势，无师自通，令我不明就里。后来我才发现这是为从爬到坐做准备。当手臂可以支撑很大一部分重量的时候，她就像体操运动员在鞍马上一样，用两只手和一条腿掌握着身体微妙的平衡，然后小心翼翼，有时候甚至是颤巍巍地把另一条腿收起来，然后一屁股坐下来。让人在旁边看了真替她捏一把汗，都不敢大声说话，生怕影响了这个小小体操运动员的发挥。

快到7个月的时候，从爬到坐就很自如了。不管行到哪里，屁股一歪，就坐下了，跟个小狒狒似的。也是这个阶段，开始学会了跪，但是翻越障碍——比如爬过我的腿的时候，就没那么优雅了，还缺乏那个前臂支撑的过程，基本都是掉下去脸先着地的。

7个月的时候，小鱼尽情地享受爬行带来的新视野，每天注视着床头柜上的鸡零狗碎，瓶瓶罐罐，总想越过我，过去狠狠地玩耍一把。

更有趣的是小鱼特别喜欢挂在我们卧室墙上的一个温湿度剂，经常自己对着它嘿嘿傻笑。她可能把它也当成一个人了，脸上粉一块绿一块，还长着星星和月亮。小鱼总是天真地以为爬过我，再爬过她的小床，再在墙上爬行一会儿，就可以摸到她这个粉绿脸的朋友了。我只能告诉她，那是需要轻功的，光会爬还是远远不够的。

8个月的时候小鱼用膝盖爬得飞快，这时候的速度是用手脚时难以望其项背的，她开始不满足于爬行，总想扶着东西站起来。

9个月的时候，小鱼可以自己撒手站一会儿，也能扶着墙自己走几步。11个月的时候，小鱼扶着东西已经走得很好了，并且下肢的力量已经可以支撑她做出蹲的动作。再不是像以前那样，不想扶着东西站的时候，就看着地面好一会儿。就像我们要从很高的地方往下跳之前那样，暗暗地做些准备工作，然后"扑通"一声坐或跪在地上。

快1岁的时候，小鱼走路还是局限于几步，可能是还没把握好平衡。

13个月的小鱼就已经开始喜欢走路了，可以不依赖任何外物从坐到站并且开始行走，可以一个人走七八米的距离，还包括转弯。

她失去平衡的时候，会从容地坐或者跪在地上，好像觉得摔一跤也不见得是多么可怕的事情。

小孩子初学走路的时候，往往是在无意识的情况下走得最好。忘却自己在行走的时候，往往十分从容和自如。一旦有意识地扶着她走，或者她觉得快要抓到你了，她就会拼命地往前倾，反而失去了平衡。

这大概和我们学游泳的时候一样，越是拼命把头往上伸，越是要往下沉。身体只有在放松的时候才是最自如的，所有技艺的最高境界也不过如此——无非"自如"二字。

酸奶在小鱼成长史上发挥了卓越作用。小鱼以前对着吸管杯只管含着，不知道吸。后来奶奶给教吸了一次酸奶，就会了。

有一次，我拿着酸奶，小鱼看见酸奶，忘了自己还不会走路，结果"噔噔噔"地走了七八步，直达酸奶，稳当得不行（请注意医生给我们的建议是小孩从3岁开始吃酸奶，5岁开始吃鲜奶）。

我在小鱼还没出生的时候，就给她买了学步带。那时候我就像所有的新妈一样，看到任何婴幼儿用品，都觉得可爱和不可或缺。

事实上，在做了一番调研以后，我并没有在小鱼的学步过程中使用学步带、学步车这类的辅助用品。

因为调研的结论是这一类辅助用品基本上是提供一个保护宝宝不跌跤，使宝宝不那么胆怯，不用大人总扶着这么一类的功能，但是弊端却有很多。

学步带经过我的试验至少是不利于小鱼掌握平衡。没用的时候还好，她还是个人，用了反而东倒西歪的像一堆肉，而且总是向前倾。

学步车就更糟糕了，首先它把宝宝束缚在狭小的空间里，其次过快移动的学步车有可能造成宝宝情绪紧张，身体伤害甚至是骨骼变形。简单地说，跌倒难道不是成长的一部分吗？不要剥夺一个孩子跌倒的权利！

同时我们家的所有成年人也并没有经历那个要弯腰弓背，费力地拉着小鱼走的过程。

因为我们家客厅有个茶几，高度适合小鱼攀扶。小鱼能扶着东西站以后就经常在附近活动，直到后来很自然地开始围绕着茶几行走。

这一度让我非常担心，因为围绕着茶几走造成的比较明显的弊端就是横着走的特别好，以至于往前走的时候，还是表现出横向移动的技术特点。弄得我忧心忡忡地对前胖子说："令媛走路，怎么有像赵本山啊……"

好在小鱼还是给了我新的惊喜。小鱼满13个月没过多久，一天我回家稍微晚了一点，回家小鱼已经睡了。奶奶告诉我，当天（当时乍暖还寒）因为气温很高，有27度，所以给小鱼脱掉了棉裤和马甲，连鞋也脱了。

如释重负的小鱼感到前所未有的轻松和灵巧，在家走了整整一个下午，一下都没爬。从最南的卧室一直走到最北的厨房，十几二十米的距离，来回往复，大汗淋漓，不知疲倦，跌倒了就自己站起来，完全地沉浸在行走的乐趣里。

我走到卧室看到她熟睡的样子，甚至对她小小的单纯的充满热情的世界充满了嫉妒——一个人仅仅因为走路就可以这么高兴，这么富有激情，这么投入，这么在疲倦之后心无城府地睡着。

因为我没有目睹当时的盛况，次日一早起来，爸爸就把小鱼放在地上。结果小鱼像软脚虾一样，一点力道都没有。

等晚上我再回到家，小鱼已经又恢复了神行太保的神韵，一个人从南走到北，从白走到黑。步态还称不上娴熟和优雅，两脚分得太开，还有点外八字，但是看到她那种镇定自若从容不迫的神情，我知道是时候可以说——我的小鱼会走了。

在感觉到自己有点要失去平衡的时候，小鱼会冷静地稳住身子东晃西晃一下，等恢复平衡再接着走。或者感到要跌倒了，就迅速往前一蹲，有时候扶地有时候不扶地，然后站起来再接着走。即使真的跌倒了，她也满不在乎地爬起来，好像根本就不疼。

这是一种奇怪的集笨拙与灵巧于一身的姿态。笨拙是那种初学者的笨拙，而灵巧是那种自我协调的灵巧。人类已经直立行走几百万年了，可是我的小鱼的这一步，还是让我激动不已。

从这标志性的一天过了半个月以后，小鱼的凌波微步已经日益娴熟起来，有时候几乎小跑，而且还自己学着在地上转圈圈。在没有障碍物的情况下，一般不会跌倒了。即使有时候你看她的步态歪歪扭扭像醉汉一样，可是就是不倒。

行走扩大了小鱼的视野，她再也不满足于以往的活动空间了。你抱着她背着她她都不喜欢，她要挣扎着下来，自由地行走。我那时候还有点失落——我的怀抱她都已经不再需要了。

每天从早到晚不知疲倦地走，看到一个那么小的人"哒哒哒"地走，你会觉得她就像一个上满了发条就满世界跑的玩具。

她开始很向往那些不让她去的地方，比如阳台，比如卫生间。有人去卫生间关上门，小鱼一定会走到门口，在门上起劲地拍，还踮起脚想去转动门把手。如果能在爸爸洗澡的时候进去看一下，或者偷偷玩下抽水马桶，那简直就爽歪歪了。

而且她喜欢拿着东西走。你若看到她拎着一个几乎和她自己的大小差不多的购物袋在东奔西走，一定会觉得太好笑了，可是不让拿，她还急。拿着东西走就比较容易跌倒，可是爬起来的时候还舍不得放手，用拳头撑着往起站，每每再次跌倒。

我真的很想告诉她做人一定要懂得适时放手的道理，要不真的会爬不起来，当然，这太早了。

住我们家楼下的爷爷奶奶说，天天听到你们家踢踢踏踏的就是一天。

会走的小鱼把活动半径扩大到前所未有，我买了一些防撞条，把家里的一些地方贴了起来。重中之重是我担心了很久的那些金属拉手，都是切面为L形的尖锐物体。

我以为防撞条除了环保，厚就是王道，薄的那种起的缓冲作用到底有限。好在小鱼还不算是特别娇气的孩子，平常跌倒，只要不是把头碰得很疼，都是无所谓的。

这种安全防护要做起来，也是没有极限的，可惜孩子总要长大，再牛的父母也没法拿棉花把世界都武装起来。

现在小鱼快20个月，跑跳都很好了。我每次站在远处向她张开手臂的时候，她便向我奔跑而来，歪着小脑袋，快到跟前的时候因为脚步加快冲刺而愈加不稳当。当她终于一头扑到我怀里，和我一起大声说"啊"的时候，我觉得自己富可敌国。

第二节　重建巴别塔

　　"巴别塔"这个词取自于《圣经·旧约·创世记》第十一章，讲的是洪荒之后，人类联合起来兴建能通往天堂的高塔。为了阻止人类的计划，上帝让人类说不同的语言，使人类相互之间不能沟通，计划因此失败，人类自此各散东西。

　　我说的重建巴别塔是指我们重拾同样的语言，重建无障碍交流。

　　很多育儿书上都告诫父母，不要在意孩子的技能，而要在意孩子的内在。问题是谁又能一点不在乎？如果什么技能都没有，那华丽的内在依托在什么之上呢？

　　我尤其在意语言这个技能。想象一下，自己是一个哑巴，哭的时候没有人明白你在哭什么，你会有什么感觉？是孤独、挫败、愤怒。

　　因此我十分想要小鱼早点说话，清楚地表达自己，让我更好地知道她有什么快乐、痛苦或者沮丧。我所说的在意，是指尽最大可能给孩子提供一个好的语言环境，不是指得意地让孩子出去背唐诗，也不是指看到人家的孩子比自己的孩子说话早就以为孩子有什么问题。

　　大部分孩子在一到两岁之间都能学会简单地表达自己的意思，但是每个孩子的个性不同，因此不可一概而论。

小鱼现在快20个月了，能说一些"我要吃奶"，"这个人在打球"，"怎么回事"这样的短句。会叫"爸爸，快来吃饭饭"，看到红绿灯会说"红色小人不能去，绿色小人可以走"。可以说出全部家庭成员的名字，听到别人呼唤时所使用的大名、小名以及各种昵称都知道指代的是她自己，还会背和唱一些不知所谓的诗和儿歌。

小鱼的第一声啼哭，不仅是她的第一次呼吸，也是她的第一次语言。在很长一段时间内，各种哭声就是她的语言。

有些观点认为孩子哭了不应该马上就去抱她，认为"哭"这种运动可以增强婴儿的肺部以及胸廓发育，或者孩子总抱着就会放不下了。

我没有采信这些理论，我对西尔斯夫妇的亲密育儿法比较认同。我认为孩子哭了就应该在第一时间去回应，这样她受到鼓励会更愿意和成人交流。

我在怀孕后期把手腕子给窝了，使不上劲，而且我们的传统是产妇在月子里不能总抱着孩子，不能使劲儿。但是小鱼一哭起来我还是立刻用单手抱起她。

有时候我喜欢把自己扮成一个反传统的斗士，但那时候我还顾不上想这个。压倒一切的是母性，我纯粹是出于母亲的本能，听到孩子哭了，觉得不抱不行。

西尔斯夫妇在《育儿全书》中说："如果我们将母亲与婴儿带到实验室，在母亲的胸口装上测量血流量的装置，我们会发现，当婴儿哭时，流向母亲胸口的血液会增加，而且母亲会有一股强烈的冲动想抱起婴儿，给予安慰。"

事实上即使这样，小鱼也并没有成为一个必须时刻要人抱着的孩子。她一个人的时候，挺自得其乐的。

我没有做母亲的时候，小孩子只有一种哭声——吵闹的哭声。直到我有了自己的孩子，我才慢慢醒悟过来。原来孩子的哭声是有这么多种的，分别代表着不同的需求：饿了，困了，累了，受惊吓了，想让妈妈抱了……

不过一个母亲的强大本能也不能使她变成宝宝肚子里的蛔虫。我和前胖子那时候经常面面相觑的——试错，拉了尿了？冲点奶试试？抱着玩儿会儿？巴别塔的重建不是一天建成的，需要慢慢添砖加瓦。

巴别塔也不是母亲一个人在奋斗，宝宝也以他们的方式在努力呢。

继哭声之后，宝宝会修炼他们的眼神和身体语言。两个多月是小鱼非常好玩的阶段，就是特别喜欢呜里哇啦地"讲话"，而且你说一句她说一句。感觉像抱了一个外国小朋友，虽然语言不通，但是眉目之间已经把情意尽传。

这个阶段很快就过去了，而且再也没有出现过，令我深深遗憾。满脸笑容，讲着我听不懂的话的小鱼，是那么的可爱。

小鱼在10个多月时候无师自通地学会一个新造型——发指，好在不是中指，是伸出食指和拇指。经常莫名其妙地伸出一只手，凌空一指，面无表情。很像明星在演唱会上唱着唱着不唱了，就这么一指，耍耍酷，然后指风落处响起一片尖叫。

当然，我们家只有鱼翅，没有粉丝啦。

有时候也有意料不到的喜剧效果。比如有一天吃晚饭的时候，她一个人坐在小餐椅里很不甘寂寞，我就给她吃了些鱼圆。不敢给多了，奶奶说："你也吃了有两个鱼圆了吧？差不多行了哈。"

小鱼一言不发，冷峻沉着地发出一指。大家都笑了，不知这是才吃了一个呢，还是还要再吃一个。

后来我发现她也不是莫名其妙地乱指。有一天我拿着酸奶准备喝时，她又要扑上来抢着玩儿。我怕她玩儿洒了，就拿什么别的东西引开她的注意力，把酸奶放在桌子上去了。

她回过身来的时候，左扭右扭，嘴里"嗯嗯嗯"的，还指着桌子。前胖子说："还没忘记你那酸奶呢吧。"

我若有所思地把杯子丢给她。她立刻满足了，安静地玩了起来。

之后小鱼的一指神功益发出神入化，灵活地运用于多种不同场合。

问她："灯在哪儿？"她就指向灯。

"爸爸在哪儿？"她就指向爸爸。

我刚回到家，她就指向我——"唉？你回来啦？！"

不愿在房间呆，就指着门——"我要出去玩儿。"

到了客厅并不满足，还要指着大门，出了大门，还不满足，还要指着电梯——"我要下楼去玩儿。"

想要爷爷抱的时候就指着爷爷——"爷爷抱抱"。谁要是妄图背着小鱼偷吃什么东西，小鱼都会义正词严地指着——"怎么不给我吃？！"

小鱼这一指，相当于几千个常用汉字呢，看似轻如鸿毛，其实重于泰山。

与此同时小鱼发展出一些腔调，例如对所有不愿意干的事情，像是换个尿不湿或不给玩垃圾桶什么的，一概都拖长声"嗯——"（这种长声宛转曲折的嗯法表示不愿意）地扭将起来。而且日益懂得察言观色了，比如她要玩我的手机，被爸爸藏起来了。她又不高兴地"嗯"起来，并且眼睛还看着我。

虽然她不会说话，但是那种眼神饱含着信任、企求，不容置疑——妈妈你是好人你给我呀。

基本上所有小孩子最早发的音都是"爸爸"、"妈妈"。这是全世界所有的语言里最接近的单词，我猜测也是最容易发的音。

10个多月小鱼发出的"妈妈"和"爸爸"的音已经非常完美，但都是无意识的，比如她会对着柜子叫"妈妈"。

这个阶段我就开始教小鱼认物了，在这方面我实行的是《爱和自由》里的三段式。

"这是什么？"

"花！"

"这是什么？"

"门！"

诸如此类，力求提供简洁的，明白无误的信息。

真正划时代的日子是在快1岁的一个晚上，小鱼抱着一个没洗的大苹果就想送到嘴里啃一大口。我赶紧拿了下来，指着苹果，第N回说："这是什么？苹果！"

小鱼破天荒地看看苹果看看我，头一回跟着我说："果。"

音发得很不准，有点像"狗"。而我欣喜若狂，又说了几遍，小鱼也跟着我重复了好多遍。

我冲前胖子大喊："你听见了吗？她会说'果'啦！！！"

在我眼里这一个"果"字就像普罗米修斯的火种一样降临在人间。我仿佛看到以后燎原的星火，我仿佛看到我的小鱼叫着"妈妈"向我奔跑而来，于是我"嘿嘿"傻笑起来。

理解与表达的过程总是相辅相成的，我觉得宝宝的理解能力总是优于表达能力的。我给小鱼买过的发卡，她总不肯乖乖戴在头上，而是拿在手里乱掰着玩儿。但是有一天她突然要我给她戴上，抱她去照镜子时她露出了矜持的笑容。

戴着一朵小花的鱼二车娜姆当然收获了大家的一片好评，连对门的奶奶见了都说小鱼真是漂亮！小鱼明白地摸摸发卡，知道大家夸她漂亮是因为戴了发卡。

直到有一次我下班回家抱着她坐在沙发上，她突然拍拍我白色棉麻衬衫上镂空的花，说"漂亮"，我才知道她学会了"漂亮"这个词。

当时我就乐了，因为她的口吻和拍我的姿势非常老练，那架势不像是女儿夸妈，倒像是什么长辈在跟我说："唉，小鱼，这件衣服不错啊，挺漂亮。"

语言是一个积累的过程，当时她理解的并不一定马上就表达，但是会储存起来。

比如我家里的餐柜有个往下拉的玻璃门，她有一天站在那里嘴里不知嘀咕着什么还有点哭起来了。我仔细一听，好像说的是"夹手"。

再仔细一看，橱门让她拉开一点点的小缝，她的小手指头夹了一点点在缝里。我赶紧把她放出来。

"夹手"这个词她每次打开抽屉和门我都跟她说，还轻轻地模拟过好多次，但她从来没有跟我说过，不过在关键时刻还是派上用场了啊。

因势利导永远是教育不变的主旋律。比如她奶瘾大发的时候，很容易就学会了"奶"这个字，想吃奶的时候就指着奶瓶着急地跟我说："奶！奶！"

当她知道滑盖手机、翻盖手机，还有瓶子杯子的盖子都是可以打开玩儿的时候，她也就不满足于原先那样拿在手里摔摔打打，总是往你手里一塞，把"开"说成是："该！"（这是她所学习的第一个动词。）

小鱼的第一个短句是非常可笑的。14个月的时候，小鱼有了第一次完整的意思表示。

像小鱼这么大的孩子，是没什么羞耻之心的，吃喝拉撒，都在众目睽睽之下，说要放屁，也无所谓避讳。逢到此时，我们就说："补呜——"扬声的。

久而久之，她自己也跟着说。有一天早上，小鱼醒来，翻身趴着，听到爸爸放了个屁，看着爸爸皱着小眉头奶声奶气地说："爸爸补呜——"

这之后小鱼发现谁"补呜"了是一定要讲出来的，可不会像我们这样彬彬有礼地假装没听见。

混淆和澄清是学习中必不可少的一个过程。有一天小鱼指着她被子上的小熊图案说"狗"的时候，我就知道出问题了。我摆在电视柜上一个只穿上衣的很流氓的小熊，小鱼也认为是狗。我试图纠正她："熊。"

说了好几回以后，我问她，熊在哪里？小鱼坚定地指向流氓小熊。我正在欣慰地感慨孺子可教，谁知小鱼又紧接着说道："狗！"我一脸黑线，你这不是指熊为狗嘛。

给前胖子讲这事儿，前胖子大言不惭地说："对的呀，狗熊狗熊嘛。"

对啊，这么一想，我还觉得小鱼挺有观察力的，呵呵。

她还曾经觉得妈妈啊，爸爸啊都是一类人，而不是一个人。只要看到电视里漂亮的女明星，她一定会指着叫妈妈，甚至会管财经节目里金发碧眼的英国主持人叫妈妈。

对于这些荧幕形象，她有时候叫妈妈，偶尔叫阿姨。这令我非常好奇，我愿意出1000块，知道她划分妈妈和阿姨的标准是什么。

脚丫子的丫丫和桂花鸭的鸭鸭，是不能指望小孩子一开始就分清楚的，只有通过以后在语言环境中的大量使用来澄清了。

尝试新的发音也是一种乐趣，在学说话的过程中小鱼时不时地蹦出点新词儿来，有些是我们根本听不懂的火星语言。

如果感到要表达的情绪很激烈，激烈到超越了她所掌握的语言，她就会甩出一串谁也听不懂的话来。写出来应该是"@#$%^&*"。

有一次小鱼自己拿着气球出去玩，大家都来抢，一开始她还淡定，后来也扑上去抢。一群人把气球弄爆了，气得小鱼悍然甩出一串华丽的"#￥%%※※××"。

并不是每个音都像"爸爸妈妈"那样易于掌握，有一些音需要非常灵活地运用舌头。这对小孩子来说是相当有挑战性的。比如"光"，她怎么说，都是："缸！"

而当孩子学会说一个简单的字的时候，她所获得的成就感可能远远超过我们的想象。比如"花"字，有那么近一个月的时间，她都是说成"伽"的，伽马射线的伽。

后来在我们一遍一遍重复之下，她终于学会了。学会的当天颇有云开见日扬眉吐气的感觉，有整整半个小时都在说"花"，不管你跟她说什么，她都是说"花"的。爷爷说坏了，得了花病了，爸爸说是花痴了。甚至有一天早上我还听到她在梦里大声地说了两次"花"。

早知道她这么在意，我就会给她更多的鼓励了。

说话对我们太容易，太习以为常，因此我们也容易忽略表达带给孩子的乐趣。

比如小鱼自从学会说"鞋"以后，就特别喜欢说。大约觉得世界上居然有这么多鞋可以说，还可以一双一双地说，真是太有趣了。她跑到我这里指着我的鞋说："鞋！"又跑到爷爷那里，指着说"鞋"，再问奶奶的鞋在哪里，还要不辞劳苦地跋涉到厨房去，指着说"鞋"……我们问她："小鱼的鞋在哪里？"

她赶紧弯腰指指自己的："鞋！"

有一次我抱着她面对面坐在出租车上，每当看到路上有花闪过她都要赶紧向我报告："花！"于是我为了应和她也指着说花。

后来她就不说了。当我以为她的"花痴"劲儿暂时过去的时候，她突然指着用二倍的音量急急地说："花！"

原来我坐的方向是行进方向，我注定比她先看到所有的花，小鱼彼时一定为她总算抢在我头里发现了花而显得很激动吧。

《育儿全书》里还有一个精神，就是鼓励孩子表达相当重要，不要急于纠正孩子的发音。

我想，通过重复来纠正是在所难免的，因为语言经过长久的发展已经约定俗成，你得接受既定的规则。但是如果因为纠正而伤害到孩子表达的热情和乐趣，打击孩子的自信心，就得不偿失了。

孩子热情高涨的时候会说一些在成人看来没有必要的"废话"。比如小鱼有的时候喝一口水，然后就摆着手说"不烫不烫"。不烫就喝呗，还特地说一下。

我经常抱着小鱼很快地转几个圈圈，一边嘴里配上"咻——"的音。我刚下班回家抱着她也经常问她："'咻'一个好不好？"

有一天我们都滚在床上玩儿。小鱼突然爬到我身边，说"咻好"。这就是俩字儿，也可算一个像古汉语一样言简意赅的短句。我当机立断地跟小鱼"咻"了一下，又一次晕头转向地倒在床上。

小鱼几个月的时候，我们家里就经常放儿歌了。现在她能唱不少，但是都不明白什么意思。

从这个角度讲，我觉得儿歌在语言上的开蒙作用是弱于对话的。因为它虽然有旋律，提供朗朗上口的发音，可是缺乏环境，那其中的意义不是一时三刻能明白的。只不过模仿也是学习的一个过程罢了。

我们说话也是这样，不管小鱼能不能听懂，她都像复读机一样在后面跟着学一遍，好像学习新的发音是一件很好玩的事情。因此，大人就该谨言慎行了，因为这绝对是种瓜得瓜，种豆得豆的事情。

有一天我坐在那里，爷爷说："现在会说讨厌了，我亲了她一下，她说我讨厌。"

我赶紧前去围观。结果小鱼轻轻在我脸上拍了一下，说"讨厌"，又在爷爷脸上拍了一下，说"讨厌"，把我们都快笑死了。小小年纪，哪里来的这么销魂的派头哦……后来我想肯定是爸爸老来乱亲小鱼咬小鱼的耳朵，我在旁边说"讨厌"被小鱼给学会了。

有时候我让她叫妈妈，她非要叫爸爸，我会说"滚滚滚——滚到你爸那儿去"。或者爸爸爱心大发非要抱着小鱼，可是小鱼并不领情还大喊大叫的时候，爸爸也说"滚滚滚——滚到你妈那儿去"。小鱼就拧着眉头，跟着说："滚！"

等到小鱼领会到语言的真谛是怎么一回事儿以后，她就开始化被动为主动了。

在早期总是我抓着一样东西在设问："这什么？积木！这什么？闹钟！"

这一页翻过去以后，新的篇章是小鱼抓着东西问我："这什么？"

一看我吃东西就凑过来，"妈妈干吗？"下面往往就是"小鱼拿"了。

有一次我们一起在看《妈妈你问我》这本书时，我突发奇想地指着游泳的一只老鼠问她："这个人在干什么？"

因为当时我还没有教过她游泳这个词，我想她一定会说不知道。结果小鱼很平静地告诉我："洗澡澡。"我觉得很有意思，山东有些地方就是管游泳叫洗澡的。

说语言是沟通心灵的音符一点都不为过，在学习语言的过程中人的智慧所闪烁出来的那种光辉简直令人着迷。

语言的最根本意义是什么呢？是为了沟通。我们不是为了完美发音和完美语法才发明和学习语言的。我们那么多大学生考过了英语的四级六级却无法用英语和人交流，这难道不是很大的失败吗？

因此我觉得让孩子认识到我们每天嘴里冒出来的这些符号全都代表着某种意义是一件顶顶重要的事情。这是一颗照亮世界的火种。对孩子不厌其烦的，就像她能听懂那样的对她说话，不可避免地重复，不断地鼓励孩子去表达，的确是一件很棒很有乐趣的事情。因为有相应的语言环境，孩子慢慢就会理解的。

　　西尔斯夫妇是这样说的：语言和幽默感一样，是领悟出来的，而不是教出来的。

第三节　病如西子

自从我有了孩子以来，最让我感到纠结和挫败的，就是小鱼的几次生病了。

一个孩子在两岁之前，通过6—8次感冒建立起自己的免疫系统，这是正常的。按这个说法，小鱼生病的次数倒没有什么不正常。问题在于，小鱼还不到两岁呢，就挂了四次水了。我是个普通家长，不是医生，不会瞧病。可是我很怀疑，真的需要静脉滴注这么多的抗生素吗？

一说到抗生素，我不免爱恨交织。青霉素的出现，使得人类平均寿命从40岁提高到了65岁。它与雷达和原子弹并列为二战中的三大发明，在医药史上的地位是里程碑式的，我不敢不肃然起敬。可是滥用抗生素，除了直接导致耐药性，对于器官发育不成熟的婴幼儿和儿童，还可能严重损害他们的身体。

2005年全国春节联欢会上由21名聋哑表演者献上的"千手观音"，大家都记忆犹新吧。这21名表演者中，有18名是由于小时候注射抗生素而致聋的。抗生素，成也萧何，败也萧何。

小鱼小朋友的第一次生病给我留下的记忆非常深刻。

兵书曰：0-6个月的宝宝体内仍有较多从母体带来的免疫球蛋白，可抵御多种病毒和部分细菌的感染，所以一般较少发生感冒，也较少发生其他感染性疾病。那时我抱着胖乎乎的小鱼，很懵懂地快乐着。

小鱼第一次生病是在7个月的时候，这时我给她的免疫球蛋白想必被她挥霍一空，病魔就赶着趟地来了。

那次小鱼跟爷爷奶奶去湖边玩，回来就开始发烧，烧退以后就开始拉肚子，但并不严重。之后几天她开始反复地发烧，烧起来并不高，出汗以后也能自行消退，精神也还可以。我们没有急着带她上医院，开了点药，也没每顿都吃，只是多给她喂水，辅食就只吃米粉。

可是烧还是退不下去，于是我们就近去了社区医院。医生先给小鱼测了测肛温，弄得小鱼气急败坏地趴在我腿上大哭，又验血，结果是白细胞比较高。医生听听看看，说咽喉很红肿，肺部有杂音，是细菌性的感冒，说我们已经拖了两天，现在要挂水了。

等到我看到小鱼挂水有多么痛苦之后，我很后悔没有早点带小鱼来医院，弄到如此不可收拾。

当时我抱着小鱼下楼做皮试，护士看到这么小的孩子，用手掌在小鱼的额头上抚摩了半天，说血管几乎看不见，约莫对扎针没有把握。我又问了下医生，医生说等下跟护士长讲一下，让护士长来扎。

于是还是做皮试，小鱼拼命挣扎，又被我们一干人强按住。她用一种难以置信的眼神看着我，好像在说你怎么可以加入迫害我的行列？我的心都碎了。我看见她这么难受，非常不忍心，也不敢多看，觉着再看自己也快哭了。

后来护士长来了。小鱼被放到一张小床上，这时候她还没有把小床和刑具建立任何关联，不明就里地胡乱伸手抓人家的袋子管子玩儿。等我们把她牢牢按住不准她动时，她方才觉出大事不好，又气得大哭起来。

护士长一针下去，好像就好了，我还很高兴。小鱼挨了一针又哭起来，不过这么小的孩子还真好哄，我把她抱起来逗了两下又破涕为笑了。结果好景不长，头上迅速鼓起一个大包。我才知道我高兴得太早，只好把这种痛苦的经历再重复一次。

这是小鱼第一次挂水，当天就没有再发烧了。第二次是很好的，只扎了一针，第三次在头上脚上扎了三四针，才勉强挂了大半部分的药。第四天已经没有可以下针的地方——头上一侧看不见血管，一侧已经扎得太多都青肿了，扎在脚上吧，经过事实证明小孩子要乱动，是完全行不通的。只好去找医生把药退了换成口服的抗生素。据说每一次扎针，小鱼的眼泪都可以毫不夸张地用泪飞顿作倾盆雨来形容。

经过这番折腾以后小鱼的病倒是好多了，又恢复了往日的活力。可离上次反复发烧还没过一周呢，一天凌晨两点多，小鱼又一次醒来，我摸摸她的额头："坏了，怎么又发烧了。"

这次谁也不敢掉以轻心，于是次日早上又折腾到医院去。医生说这是典型的病毒性感染，给我们开了口服药。小鱼就回家吃药去了。

小鱼在家按时按顿的吃药，似乎也慢慢起效，不再发烧了，不过开始出现咳嗽，精神也一直不好。

没想到的是，我也被传染了。更可怕的是过了三四天后小鱼又开始流清水鼻涕，打喷嚏，一切感冒初起的症状又开始一一出现。

我们又抱着小鱼来到社区医院。还是头几次给我们看病的医生，对方恨铁不成钢地看着我说，妈妈生病了就不要带了，给其他人带。

医生也没有开新药，就说是反复感染。

当晚我也不敢带小鱼，等第二天早上六点奶奶把小鱼拿过来，便把她安顿在我身边睡了会儿。到下午又烧起来了，我就和爷爷奶奶一起又抱着小鱼到家附近大点的医院来看急诊。医生开了药，小鱼又吃了几天，才渐渐恢复往日的神韵。

小鱼的第一次生病历经近一个月的反复，辗转三家医院，除了奔波劳顿，静脉滴注，在家为了吃药还经历过无数次的哭喊挣扎，遭罪无数，总算结束。

相信所有的母亲都有这样的心情，看到那么小的孩子，生病难受，甚至都不能表达出来，都恨不得病在自己的身上。小鱼第一次生病的经历给我留下了一些阴影。我总觉得自己贻误了孩子的病情，也许她本来吃点药就可以好的，生生弄到江山空瘦，节节败退。

"能不吃药就不吃药，能不打针就不打针"是个非常常见的说法。这是当然的了，病和药是什么关系？道高一尺魔高一丈的关系。当药的危害更大的时候，你选择的是病。当病的危害更大的时候，你选择的一定是药。

既然抗生素可以不断升级换代，为什么细菌不能试着顽强地生存？以前肺结核就是绝症，谁听过艾滋病来着。等艾滋病有救了，可能又有新的不治之症了。这是事物发展的必然规律，只是哪个个体都不想成为规律的牺牲品罢了。

有了这么一番折腾，我开始觉得，医药是一个专业性极强的领域。我初中时学过《生理卫生》，看过《父母是孩子最好的医生》，因此就把自己当成个蒙古大夫，我是不是太天真了？社会分工不断细化的原因难道不是为了术业有专攻吗？毕竟医生是需要执照的，而当妈是不需要执照的。

出于这种自责和后悔的心情，在以后小鱼又欠安的时候，我总是立刻把她抱到医院，不敢对医生的静脉滴注提出相反意见。这应该也不难理解了吧。

最近一次，小鱼跟爷爷奶奶去了北方避暑一个月，打电话告诉我说小鱼又感冒了在挂水，挂了6天。等回来才敢告诉我说，其实医生说是肺炎，挂了8天水，当时是怕我着急没敢告诉我。

我简直纠结到万劫不复，因为以前虽然挂过三次水，但每次都不超过四天啊。我从来没有像现在这样希望自己真的是个医生过。

可惜我不光不是医生，我还经常是个惊慌的母亲。我最害怕小鱼发烧，我知道书上说，发烧并不是病，而是症状。可是怀里抱着一个滚烫的小人，这样的理论是不能缓解我的任何焦虑的。我依旧六神无主惊惶失措——万事关心则乱啊。我又开始觉得，也许我该试着勇敢起来，勇于承担母亲的责任，勇于颠覆医生的结论。

医生为什么偏爱抗生素？是高昂的价格背后有巨大的利益链条？还是为了使风险降到最低所以医生都不惜用大炮来打蚊子？医患之间本是个信息极不对称的关系，患者本没有专业资质去怀疑，可是现在滥用抗生素的呼声这么大，实在让人忍不住去怀疑。

随便点开一个论坛，随便翻开一本书，随便打开一个保健节目，想修炼点医学常识，到处都是中西医在打架。小小一个感冒，中医说分成风热和风寒的，西医说分成细菌性和病毒性的。

坦白地说，我很厌烦。越是狭隘的门户之见，越是说明了医学的不昌明。真相只有一个，人不能既是进化来的又是女娲造出来的。医学应该只有一种，就是能治病的那种。

我不相信中药就没有副作用，恰恰相反，我觉得有些中药瓶子上的禁忌与不良反应不明实际上是相当不科学的。我不相信两千多年前《黄帝内经》的年代，人对自己身体的认识会超过有人体解剖以后。我是个专一的人，我的芳心已经许给八大系统，就不能再许给阴阳五行。

可我还相信中医推拿和针灸确有其用，绝非空穴来风。我还相信中药都是历代活体实验以后的宝贵经验——我只恨没有活在这一切都融会贯通的伟大时代，深以为憾。

古人说，医杀人不用刀。我一个人给孩子吃什么奶粉，是一个喂养问题。可是三聚氰胺毒奶粉导致大量宝宝肾结石，就是食品安全问题了。我一个人怎么照顾孩子，是我怎么做母亲的问题。可是如果全中国的母亲无不以不听医生的话不给孩子吃药挂水为荣，那就是社会问题了。

为什么《父母是孩子最好的医生》这种书会那么热卖，因为医生都不是最好的医生了吗？

不知怎么想起水上勉的《桑孩儿》。据说，早年日本若狭的人民生活贫困，养不起孩子，婴儿一诞生就被丢进桑园中的大坑里。如果婴儿能够活到第二天，就抱回来抚养。这种死里逃生的孩子，当地叫做"桑孩儿"。

我在想，桑孩儿，那是怎么样的顽强和令人心酸的孩子啊？多么希望每个孩子都有桑孩儿那样顽强的生命力，而不必经历那样的考验。

第四节　因为爱着你的爱

小鱼17个月大的时候，我给她买过一套立体书，里头有蛇和鲨鱼。每次翻到这里问她是什么的时候，她就不像回答其他动物那样说是猴子或者大象，而是急匆匆地说"不知道不知道"，然后赶快把这一页翻过去。

那个立体的鲨鱼还有两排大牙齿，随着你的翻动，鲨鱼的大嘴还会一张一合。有一次我把手指放进鲨鱼的大嘴里，告诉小鱼这是鲨鱼的牙齿。小鱼一看我的手指被鲨鱼咬住了，急得一边哭一边赶紧把我的手拉了出来。

这让我非常好奇他们小小的脑瓜里上演的都是什么感情戏码，显然在经过我们的引导或者暗示以前，她就有自己喜欢、憎恶或者害怕的感觉和标准。

小鱼很小的时候，我拿那种宽胶带纸封纸箱，她一听到这个声音就害怕得哭起来。爷爷在阳台上杀鸡，小鱼听到鸡垂死的叫声，也吓哭了。到别人家，我满以为让她碰一下乌龟，乌龟就把头缩进去，会让她觉得好玩，结果她根本不愿意碰。

小鱼一岁多一点的一天，我想给她照相来着，结果都快把我累死了。

首先她根本不看镜头，老拍不到正脸。其次她到处乱爬，为保护她我分身乏术。再次她总算注意到我的相机以后，饿虎扑食一样非要扑上来抢，够不着就抱着我的腿发急。

我很拍了几张她恼羞成怒的表情，准备以后她有男朋友了，我要么高价卖给男朋友，要么问小鱼要封口费。

后来她非要把相机抓在手里玩。把回放的键按了以后，看到自己的照片，她突然就安静下来。我一边一张一张地给她翻，一边说你看看这是谁啊，这么不文静。她就拿一只手把脸挡上。我真觉得她知道这是她自己，而且不好意思了。

这是我在她脸上头一次看到很接近成人的表情。以前她刚学会说"果"的时候，全家谁见了她都要学着她说"果"，她也是有点这么样忸怩地，把头往爷爷怀里一埋——好像在说：你们不带这样学人家的！

除了不好意思，小鱼甚至还会使促狭。小鱼13个月的时候，有一天她困极了，在小餐椅上坐着，手里拿着棒棒馍，吃着吃着，就睡着了，头耷拉在胸前。

我们都被这种困成这样还在坚持吃棒棒馍的精神给打动了。奶奶赶紧给她洗洗准备让她睡时，谁知她又精神起来了。

后来她的头再次耷拉下来，我们都以为她睡了。结果她突然坐起来，大声叫了一声"唉——"脸上还露出那种恶作剧得逞以后很得意的笑，好像在说——怎么样被我骗到了吧？把我们都乐坏了。

如果她自己跳了舞啊要了宝啊引起了大家的注意和哄笑，她是完全心知肚明的，往往会停下来这样叫一声，好像是表达自己兴奋和得意的情绪。

　　超市门口常有投币带音乐的摇椅，因为我们小区超市门口的是个喜羊羊形状的，所以我家管这个叫喜羊羊车。小鱼是认识一块钱的，在我的教导下也知道了坐喜羊羊车是要一块钱的，所以经常自己念叨着"一块钱，喜羊羊车"。

　　那时候小鱼不满18个月吧，有次刚从医院挂水出来，就跟下了战场一样，爷爷奶奶爸爸簇拥着，照例是要找个喜羊羊车犒赏一下的。小鱼正高兴地在移动的屏幕上指着的时候，正好三分半的时间到了，所以车也不动了，屏幕也死了，音乐也停了。前胖子这个坏家伙就逗小鱼说你看喜羊羊车坏了，你把喜羊羊车弄坏了。然后小鱼瘪着嘴就哭了起来。

　　没想到这还没算完，晚上我抱着小鱼，爸爸就问她喜羊羊车坏了没？谁弄坏的？

　　小鱼就不说话了，睁大眼睛低着头看爸爸，下嘴唇慢慢地撅起来，眼泪珠子滚啊滚啊就开始抽泣起来。我当时真的没想到她这么在意。这对她对我都是一种崭新的情绪。

　　在这之前小鱼的哭，无非是没有得逞的歇斯底里，大放悲声。这种无声的饮泣是前所未有的，她小小的身子在我怀里抖动，好像包含后悔、自责、委屈和懊丧。

　　我抱着她哄了好长时间，说喜羊羊车没坏，明天就坐，小鱼好，喜羊羊车好。安慰了很长时间，小鱼才得以释怀。

　　次日早上一起来，小鱼头靠在我怀里，摇摇手说："没坏。"

　　真是个傻孩子，坏了你以为你还走得脱啊。下一次去坐喜羊羊车，到结束的时候，她马上把头转向我。我立刻跟她说"没坏没坏，完了"。小鱼才放心了。

我总假设小孩子懵懵无知，其实孩子比我想象的更有领悟力。

有一天我在卧床休息，前胖子给我倒了杯热水，放在电视柜上。小鱼看到她向往已久的杯杯，走过去就要伸手去拿。我害怕她烫着，又觉得自己已经来不及阻止她，于是又急又怕地大叫起来："快来快来，杯子里有开水！"

这时候令人意想不到的事情发生了，我语气里的惊恐把小鱼吓着了。她马上一边哭着说妈妈，一边回身向我跑来。我抱着她亲亲，问她害怕没有。小鱼露出受惊的眼神看着我说："怕怕。"那时候小鱼17个月大。

又过了约莫一个月，有一次家里有客人来吃饭，小鱼非要自己乱抓筷子翻菜，爸爸不让她动她就打爸爸，我就挺生气地拍了下她的头。很轻的，但是小鱼隐忍了一下还是抽泣了起来，而且哭了很久。

我完全没有想到。因为以前她咬我的时候我使劲拍她的头，她都不松口，也不会因此而哭起来。我才意识到孩子茂盛生长的自尊心可能远比我预期的要快，也许家里有客人使她觉得自己的自尊心受到更大的伤害。"她什么都不知道"，"她不会在乎"不过都是我一厢情愿地以为罢了。

等我自己有了孩子，我就再也不把孩子看成是任谁书写的白纸了。恰恰相反，我认为人人生而不同，他们随着环境决定展现出这一面或者是那一面。真的要把他们当成你的朋友来尊重，就从小开始。等到他们像个成年人的时候，才决定坐下来谈民主，一定会太晚了。

我最喜欢的部分是，在孩子能明白"我爱你"这句话以前，就能明白"我爱你"的意思。

小鱼9个月的一天晚上，我们把她一个人安置在小餐椅里，给她发了一根磨牙棒。她铿锵有力地啃了起来。我凑了过去时奇迹出现了，小鱼很欣然地把磨牙棒拿到我嘴边。待我装作吃了一点后她又拿回去自己吃了起来。

我以为只是个巧合，过了会儿又凑过去，说："给妈妈吃点儿。"小鱼又高高兴兴给我拿了过来。如此重复，小鱼一点不情愿的意思都没有。

这么乖的小鱼把我吓了一跳，我不知道她是通过什么明白了我的意思，还是只是愿意给我吃她的磨牙棒，但是我非常高兴，简直都要出去泪奔了。

小鱼快一岁还不会走的时候，每天我一下班，她从一听到门铃响起，就要扭头往门口爬过来，然后让爷爷抱她来给我开门。她一头扑进我的怀里，就再也不肯离开了。时而用手摸摸我的脸啊项链啊衣服领子啊，时而用两只小手拍打着我的肩膀，两只小脚丫快活地蹬起来，笑得眼睛都眯了起来。在此后的半个小时到一个小时之间，我必须为小鱼所御用，寸步不离地随侍左右。

有一次她的头把我的脖子狠狠撞了一下，我"啊呀"一声捂着脖子，表情看上去大约很痛苦。她紧张地注视着我，有点龇牙咧嘴的，表情就像我们在医院看到长长的针管赫然扎进别人胳膊，鲜血汩汩流出的那种。

然后我说妈妈躺下歇会儿。她突然扑到我身上，紧紧抱着我，很痛苦很同情很害怕地喊"妈妈"。

我为了教会她推和拉，有时候会假装掉到床下了，然后说妈妈掉下去了快把妈妈拉上来。小鱼真的会吭哧吭哧特别卖力地拉我的衣服和手。她甚至还会学我平常的样子，轻轻用小手在我的背部拍打以示安慰。

还有一次我想演示一下坐在床的边缘玩耍是多么的容易掉下去。大概是稍微有点逼真了，她真以为我摔下去了，"哇"的一声就大哭起来。

我说你亲亲妈妈，妈妈就不疼了。她赶紧过来很认真地在我脸上亲了一下。

我很喜欢小鱼对我那种没有目的的亲昵的表示，不为我手里有吃的，不为抓我的头发，不为玩我的项链或者毛领子，什么也不为的时候爬到我的身边来。亲昵地在我身上摸摸，蹭蹭，或者喃喃叫着"妈妈"偎依过来，脸上流露出"妈妈你真好，我都不知道怎么说"的那种表情。

有一次我下班回家没有看到小鱼，就下去找她。她正在跟爷爷在外面玩儿。突然看到我的时候，她的脸像花开一样盛开起来，并且挥着手嘴里"哦——哦——"地向我跑来。你可能不太理解这是什么意思。让我来解释一下吧，这就是她经过超市的西点和面包区的样子。

是不是有人说，等孩子长大了，他们就会报答我们养育的恩情，我们就得到了回报？可那样的想法是多么功利和没有乐趣啊，我觉得我已经得到了回报。

第六章　俯首甘为孺子牛

好大一股胎气　你的月子抑郁吗？　开合中西文化的裤子　小鱼现形记

说"不"的智慧　动了动了，宝宝动了　孕妇猛于虎？　疯狂网上大采购

月嫂与婆婆不可得兼？　糟糕，感冒　老爸记分牌　十二分急以后的B超

男西瓜还是女西瓜　人为什么要生孩子　小人命了　好大一股胎气　动了动了，

千呼万唤始出来　犹抱琵琶半遮面　小荷才露尖尖角　病如西了

疯狂网上大采购

第一节　开合中西文化的裤子

有一次有个朋友给我打电话，说她给她女儿穿开裆裤，被自己的外国朋友发现了。外国朋友偷偷把她拉到一边，说："没想到你也给你女儿穿开裆裤。"语气中充满明显的失望和隐蔽的谴责。

我哈哈一笑，说可不要小看开裆裤，小小的裤子上的小小的裆，体现的是中西文化的巨大差异。

一般来说，西方人自己不穿开裆裤，也看不惯中国的孩子穿开裆裤，甚至会以为是裤子破了。

开裆裤之于西方，首先是不雅。我这个朋友的外国友人说：有一次她儿子在小区里跟别的小孩儿玩，她赫然发现那个男孩竟然穿着开裆裤！她当时感到不能忍受，就把自己的孩子立刻叫回了家。

其次也会觉得不卫生。有些家长当街给孩子把屎把尿，他们觉得实在不能忍受。就是宠物的排泄物，他们觉得也应该自己收起来扔掉。很难想象吧，包容了天体浴场的文化容不下一条小开裆裤。

从外观上说，我也不喜欢开裆裤，我看过别人发给我的无数小哥的满月照或者百天照，都雄赳赳气昂昂地露出开裆裤的正面，生怕人家不知道这是一个小男孩，女孩则不会这样。这简直让我难以忍受。全中国好几亿男人都有的东西，不用这样吧，我宁可这些孩子全光着，也受不了这种凸显。

当然，穿开裆裤的目的不是为了炫耀性器官，是为了方便把屎把尿。这个过程在我们的传统文化里是不大有尊严的。我们藐视别人的时候会说："我XX的时候，你还穿开裆裤呢！"暗示了成熟的第一步是什么？是大小便自理。

这就牵扯出了另外的问题，就是该不该给孩子把屎把尿。

把屎把尿在中国是悠久的传统，很多人是从孩子一出生就开始了。我们这一代人的父母肯定是这样操练过的，又没有尿不湿，不把得多洗多少尿布啊。

它的优点显而易见，没有烦人的尿布疹，比大量丢弃的尿不湿更环保……西方人的主流观点是认为孩子的尿道括约肌和肾脏在大约两岁之前都是不支持他们控制排泄的，强要给孩子把屎把尿会给孩子带来身心的伤害甚至是摧残。

与此同时也有一些西方人认为这是一种应该从亚洲和非洲借鉴的经验，比如婴儿早期排泄训练的极力倡导者美国女作家劳芮·布克（Laurie Boucke）收集借鉴了中国和世界各地有关传统经验，著有《婴儿排泄训练》（Infant Potty Training）等书。

我们家是什么情况呢？小鱼在半岁之前，我们都基本穿连体衣，也没怎么把过尿。

较小便而言，婴儿的大便很容易观察出来。因此在我们观察出来的情况下我们肯定不会非要让她拉在尿不湿里，是要把上一把的。这时候小鱼也不会抗拒。

小鱼6个月以后，盛夏如期而至。南方天天35度以上的湿热天气，连大人都很难入睡。我想小孩子老是待在空调房间肯定是不好的，因此我的原则是要让她也稍微耐耐热的。同时我也觉得在这么炎热的季节给孩子裹着尿不湿完全是犯罪。每个妈妈只要想想每个月自己用那么几天卫生巾有多么不舒服，就完全可以想见整天裹着尿不湿是什么感觉。我们不能因为他们不会说话就假装不知道。

这个阶段小鱼在家都是光着屁屁或者穿着开裆裤，爷爷奶奶时不时给把一把——当然有很多时候小鱼不愿意。外出的时候就换掉开裆裤，穿上尿不湿，以示对小鱼的社交生活和社交形象的重视。

在小鱼快9个月的时候，我听从朋友的建议给小鱼买了一个塑料小马桶。到货以后，爷爷奶奶先把小鱼放在上面感受了一下。小鱼见了新玩意儿照例是喜出望外，坐在上面东摸摸，西抠抠，以为又是什么新玩具呢。

我在想，怎么让她把这个小椅子跟"嘘嘘"和"嗯嗯"建立起条件反射呢？大家一致觉得，要趁早上刚醒来的这个机会，因为这时候她是一定会"嘘嘘"和"嗯嗯"的。

次日早上8点多，我们都起来了。我听到爸爸在外面兴高采烈地说："谁家的小胖妞啊？会在自己的小马桶里拉屎了？"起来一看，这次填补国内空白的证据还保留着。爸爸还把马桶的小抽屉抽出来，给大家都展示了一下。

之后我们就启用了这个小马桶，大便基本上可以观察出来及时伺候了。可是小便直到第二个夏天，也就是17个月的时候，也进步不大。每天要尿湿七八条裤子——还不包括大人的裤子。人人的家居裤都在告急，全家人都像盼望解放一样盼望着小鱼可以自理。

出于这种心情，给小鱼把尿的意愿可能也就格外迫切。可是小鱼不吃这一套，一端起或者给放马桶上就满口嚷着"没有"，甚至根本就放不下去。她有时候会说尿尿，但是说的时候一般是已经尿了或者还有一秒钟就要尿了。

爷爷说拍拍小鱼的屁股她就尿了。有一次目睹他把小鱼拍得鬼哭狼嚎的也没拍出啥的时候，我觉得这有点像摧残了，建议以后还是别这样。小鱼还没到能控制括约肌的时候，不要引起她的逆反心理。目前的第一要务是互相信任，能让她首先报告"尿尿"就是了不得的进步了。

有一次小鱼都睡着了，还在说"没有"。唉，这时候看着可怜，等到大白天说完"没有"过了一分钟就尿在你身上的时候，也还是可恨的。

现在小鱼快20个月，外出的时候依然使用尿不湿，在家的时候基本上每一次都会报告尿尿。但大部分时候还是不等我抱到小马桶就尿了，不知道这离完全自理还有多远的距离。

一度各种关于尿尿的理论、言论、争议曾经让我非常厌烦，一件看似简单的自然的关于排泄的事情，怎么会弄得这么复杂呢？甚至直到我经历过了，我也没有闹明白。只不过再来重新反思，我产生了这么一些想法：

首先要明确把屎把尿为的是谁，有多少因素是为我们自己。不得不承认当我的家居裤都不够换的时候，当我发现我的床上又一次黄金万两的时候，一个自己走向马桶，褪下裤子，自行如厕的孩子是多么让我向往啊。

这种心理会不会让我们操之过急呢？我相信，在长达一年多的时间里，所谓把尿，不过都是把的时候孩子碰巧要尿了而已。尤其是头几个月，婴儿的骨骼还很软，不会坐，经常保持把尿的姿势会不会影响骨骼发育呢？我不确定，但我有这个担心的。

其次如果要把，怎么把才好呢？即使我不是什么专家，我也看得出很多反对的声音把"该不该把"和"该怎么把"混同在一起了。

比如羞辱尿裤子的孩子是"笨蛋"，寒冬腊月在外边就毫不犹豫地把孩子的裤子扒下来，不断地问孩子尿不尿使孩子显得焦虑。我觉得这是用方式问题来置换对错问题。

就好像你的上司对你说："你这个方案是怎么弄的？再弄不好你就是个白痴。"你不会以此为由说要你修订方案是不应该的，而是会控诉他为什么不说"这个方案我看还需要改进一下"。

任何孩子不愿意做的事情都有可能对她造成压迫感，包括换尿不湿，一度小鱼就很抗拒。所以我觉得我们必须找出孩子最容易接受的方式。一般我给小鱼换尿不湿的时候都要假装吃她的肚皮玩。这样她就"咯咯咯"地笑着，忘记穿尿不湿的事情了。有一次我自己很烦躁，就让前胖子把她给我摁住掉了。结果小鱼气得哭了很长时间都哄不好，这远远出乎我当时的预料。我从此再也没有这样过了。

试着让乏味的生活变得有意思起来吧。我总是说小熊或者小布娃娃要尿尿了，然后让小鱼陪它们一起去。小鱼通常都会欣然前往，抱着它们坐在小马桶上，有时还把自己的小马桶让给它用。

我理解给孩子把的时候不尿，刚抱起来就尿在你身上是多么让人沮丧的事情。可我个人还是建议抛弃掉那些打孩子的屁股或者强行控制住孩子的生硬做法。充满耐心，让他们观察我们是怎么上厕所的，慢慢让他们建立起马桶和大小便的条件反射吧。

最后，我不知道其他父母有没有这个感觉。我自己觉得很多时候看到关于孩子的一点小事都有那么多不同的声音，感到莫衷一是，不知何去何从。我想说，看看孩子吧。父母都不是专家，可是父母是最了解自己的孩子的人，也许这会帮助你做出最适合孩子的判断。

说完了开裆裤，在孕育孩子这件事情上，除了月子和开裆裤，还有一件事情我们和西方的分歧很大的，就是孩子睡在哪里的问题。

因为家里没有空余的房间，所以小鱼的小床一直摆在我们的卧室。我是被报纸上宝宝被大人的被子盖到窒息而死的新闻吓到半死的，一开始根本不敢让小鱼跟我们睡。然而7个月时小鱼第一次生病，夜里经常发烧惊醒，令我很不放心。此后她就经常出现在我们的大床上。

最初小鱼睡在我们俩中间。她人不大，但是睡觉很铺张，总是把自己摆成一个小"大"字，左滚右滚还会横过来，弄得前胖子和我各有半拉悬在床外边儿睡觉。前胖子很不满，说你看你们俩女胖子，把爸爸都挤到哪儿去了。

后来我在大床边上加了无数垫子保证安全，就把小胖鱼同志请到一边儿去了。慢慢的小胖鱼爱上了偏安一隅的生活，人也老实了，一宿乖乖躺在我旁边，似乎对自己的一亩三分地很是满意。

有个朋友听说我家的这种情况以后，很是着急。她力荐我把家里的书房改造成婴儿房，不然等到我想让孩子自己一个人睡的时候就太痛苦了。

她比较推崇西化的育儿观念，西方人尤其是美国人似乎在孩子很小的时候就把孩子一个人扔在婴儿房。她自己估计是会坚决贯彻的，她还跟我说她打算在她女儿的房间装一个类似呼叫器一样的东西，他们可以听到小孩哭，小孩听不到他们说话。

我想了想，觉得我可能做不到这样。我必须直接看到小胖鱼才能感到慰藉，还必须在每次醒来的时候摸摸她的手心和额头，都不冷不热才放心。

　　等小鱼恢复健康，我想把她请回小床的时候，我发现已经不那么容易了。

　　连续两晚，小胖鱼都醒了两三回，每次都气咻咻地爬起来，扶着铁栅栏看着我，瘪着嘴哭。我在如此寒冷的冬夜，不得不从热被窝里爬出来，把小胖鱼抱过来。

　　只要一抱过来小鱼就满足了，眯起眼睛，出于对我的珊瑚绒睡袍的喜爱，还会飞快地把脸左右蹭几下，享受毛茸茸的感觉，然后踏实地靠在我胳膊上睡了。可是一把她放回小床，她要么马上就醒，要么就是过一会儿又哭起来了，有时候哄不住还得来一次夜奶。

　　我想她可能真的不喜欢自己醒来的时候发现自己一个人在冰冷的铁栅栏里面。我有点不忍心，也不愿意老是起来，只好又把她放在我旁边了。于是我们又睡的都很好。

　　小鱼迷迷蒙蒙要醒的时候，我搂着她拍拍她，她就睡着了。即使醒来，看到我，闻到我的味道，她脸上的表情也是安定而放松的。她滚到我的枕头上紧紧挨着我，或者把头埋在我的怀里，又睡了。

　　至此我开始认真地考虑了分房睡还是分床睡的问题。我在论坛上看了一下，中国的父母一般是在3—6岁的时候让孩子自己一个人睡的，有很多甚至是孩子自己提出来的：妈妈我想要自己的房间。

　　西方的我没有能力广泛调查，不完全取样的结果是大概一岁之内甚至更早就自己睡婴儿房了。当然，发达国家的住房条件广泛允许。

那么从理论和观念上说，是不是和孩子分得越早就越好，越远就越好呢？

其实即使西方的育儿书对此也是存在争议的，比如西尔斯夫妇所倡导的亲密育儿法就认为：大部分孩子都会在两三岁的时候离开，和自己的孩子睡在一起其实是世界通行的做法，像美国文化倡导的把孩子关在另外的笼子里才是非自然的。

小的时候孩子依赖父母获得安全感是正常的表现，而父母有使孩子感到安全的义务。如果这些需求在小的时候没有得到满足，那么在大些就会以焦虑的方式重新出现。

简单地说，他们认为在孩子小的时候和自己的孩子睡在一起是天经地义的。并且举例说明，让孩子独立，并不是把孩子一下就丢出去。比如教孩子学游泳，你是要让孩子先熟悉水，不惧怕水才开始慢慢教，而不是把孩子丢在水里让孩子自学成才。

坦白地说，出于一个母亲的本能和本心，我是愿意小鱼和我睡在一起的。小胖鱼在半夜醒来看到我的那种眼神告诉我，她喜欢我在她身边。

是什么成就一个伟大的母亲？我认为是端正的自己，还有一颗永不言败的爱孩子的心。我不是说学习育儿经验就不重要，但我认为这些要比任何育儿经重要得多。

但是从另一个角度来说，我也得承认自己不是容易受别人影响的人，有时候甚至可以说油盐不进。因此我担心自己引经据典的本质不过是抱定一个态度才去寻找理论支持，我担心自己的固执和判断失误反而对小鱼的成长不利，于是把正反双方的观点和理由都罗列了出来。

正方观点：分得越早越好，有独立的房间最好。

理由：

1.成人会呼出大量的二氧化碳，同睡不利于孩子。

2.宝宝一般到三个月才会有推开被子的能力，大人或大人的被子也许会压到宝宝，引起窒息或者身体伤害。

3.有助于培养孩子的独立性。

4.在很小的时候培养这种习惯比较容易，愈晚则困难，系数愈高。

反方观点：该分的时候再分，孩子都会离开的。

理由：

1.孩子的需求没有得到及时响应，在日后以焦虑的形式出现，反而不利于孩子的身心健康。

2.不能及时发现孩子的异常情况。

3.很多妈妈是全职工作的，晚上是宝贵的亲子时间，为什么不趁此机会好好享受呢？

您觉得呢？

第二节　他山之石

《诗经·小雅·鹤鸣》有云，他山之石，可以攻玉。我想好妈妈和好孩子一样，大约都不是天生的。和其他妈妈一样，我平时会看些关于育儿和教育的书籍，也会到论坛和别人的博客上去转转，看其他的好妈妈有没有什么可以借鉴的经验。

在我看过的有限的此类书籍里，我比较认同的，跟我的人生观价值观比较契合的，一本是西尔斯夫妇的《育儿全书》，一本是尹建莉的《好妈妈胜过好老师》。

《育儿全书》的作者威廉·西尔斯是小儿科医师，玛莎·西尔斯是护士，儿童教育家和专业授乳咨询人员。他们共育有8名子女。老实说，一看到这个，我就肃然起敬，感觉似乎没有比他们更适合写这本书的人了。

这本《育儿全书》基本上涵盖了照顾0-2岁的宝宝的所有知识。这是他们综合20年的看诊经验和养育8个孩子的亲身体验，以及为了学习而向数以千计的父母进行咨询的结果。

当然，其中有些知识由于国情和年代的关系，并不适用于我们现在的中国父母。不过我还是很喜欢这本书。这是一本让我如沐春风的书它亲切，细致，真诚，没有摆出我是人间唯一正道的姿态。恰恰相反，作者说，"现在我们仍在学习"，"我们所提出的建议，对初学者只是一些小秘诀。从这些基本的东西中，你可能衍生出自己的风格，找出最适合宝宝性情与你个性的育儿方式"。

这本书把对孩子的尊重和爱，跨越时间和语言的障碍，传达给我了，因此我才信任。试想一个不爱孩子的人，怎么可能写出好的育儿书？

说到这里，反面经典就是走下神坛的《早教革命》了。它在广告里宣传说一个妈妈生了两个孩子，大的很普通，小的孩子知道了冯爷爷的"早教革命"，又是背诗又是多少位加减法的，很是出挑。我当时就看不下去冷笑一声。就是问题奶粉，同个厂家还讲究个批次呢，何况是独一无二的孩子！我对抢在CCTV之前就识破了它感到很是得意，请允许浅薄的我小小地得意一下吧。

我以为想要证明一个教育法有用，跟怀才和怀孕一样，都是要时间长了才看得出来的。不用一定数量的孩子，不用一定时间来分别观察，根本就不配得出什么有用没用的结论。

用同一个家庭的孩子来得出所谓规律，我觉得简直可笑和可悲，这算什么逻辑啊？对一个生命连点起码的尊重都没有！怀着这样心思的人，我压根就不信任。

中央电视台的《经济与法》节目揭露了"早教革命"的虚假广告之后，我才留意到身边确实有人买了，也真信了。因为"我什么都要给孩子最好"的望子成龙的父母，太容易被利用了！

类似的东西还有所谓的"智能皮纹测评"，就是把孩子的指纹输入计算机，就能测出孩子的潜能。我身边一个朋友自己测了以后觉得很准，想去给孩子测。

我说，知道了她的潜能后你打算怎么办呢？如果她没有运动潜能，你是就打算不让她运动了呢，还是要格外加强运动呢？不管知道不知道，还不是一回事情？

我觉得培养孩子就该为孩子提供尽量多的可能，而成为什么应该是孩子自己决定的事情。

后来她还是花了900块给全家都测了一下，这次她感觉到结果不大对劲了，到网上一搜，原来是个骗局。是我们太孤陋寡闻，这个骗局专家早就揭露过了，专家如是说："国外也有人通过皮纹测试智力，不过，都没有得到权威的、专门的医学组织认定。目前，国际上没有任何一家医学单位可以做医学测评的指纹测试。指纹检测只能算是一种计算机技巧，通过搜集的资料进行数据分析。人们可以把这作为一种体验，但进行高价商业推广是欺骗消费者的行为。"可它现在居然还在骗人钱财。

类似的骗局还有许多，就不赘述了。这些东西就跟"酸奶肉"是一回事儿。邪魔外道是不会就此断绝的，《早教革命》已然倒下，可是天晓得下次会不会有张爷爷李爷爷再搞出"早教风暴"呢？

这是不是一个大家说的"骗子太多，傻子都不够用了"的年代？他山之石，可以攻玉，也可以搬起来砸自己的脚，破费钱财事小，耽误孩子事大，怎么能不擦亮眼睛？

再来说说《好妈妈胜过好老师》这本书，它提出的核心精神是"不管是最好的管"。严格来说不是特别适用于我这个阶段的需求，不过也是一本令我心有戚戚，心悦诚服的书。

我不喜欢太理论层面的书，大段大段艰涩的理论看完之后不但记不住，也难以学以致用。这本书很实用，里面有不少实战案例，比如有我最关心的孩子躺下打滚儿时她是怎么办的。也有一些很温馨的时刻，比如说"五星酒店里有什么"……"那我们家就像五星酒店一样"。

也有一些反不良传统的斗士精神，比如拒绝写暴力作业。有些时候有点另类幽默，比如惩罚孩子不准写作业。更可贵的是那种独立精神，比如不给孩子养成陪她写作业的习惯。即使早上要迟到了，也不跟在后面不断地催促她，因为写作业按时上学应该是她自己的事情。还有我最喜欢的，不要跟孩子撒谎，不要骗孩子说打针不疼。

这本书等小鱼长大点我准备再重读一遍。

后来我又看到了推介这本书的时候，最常看到的一段话："尹建莉熟悉学校教育，对家庭教育有精深的研究，并且自己培养了一个优秀的女儿。尹建莉的女儿品学兼优，曾跳级两次，2007年16岁参加高考，取得了超过当年清华录取线22分的优异成绩，被内地和香港两所名校同时录取。在个性品格方面，表现出超越年龄的成熟，自主自立，乐于助人，被评为北京市市级三好生。"

这还引发了我的一些思考。我在想，这真是一位非常优秀的母亲，然而使人们认识到的这一点的是，她的孩子跳级了，上名校了，是三好学生了。至少这些是商家在作者简介中着重勾勒的熠熠生辉的闪光点。可是难道所有的孩子像她这样教育都可以跳级上名校当三好学生吗？如果她的孩子不是这样，她就不是优秀的母亲了吗？

更有意思的是这本书正在拼命地告诉每位家长：不要问孩子要分数，越是想让孩子考得好，越是不能要。

本来挺好的一本书，这样一对比，是不是变成一个很有意思的悖论呢？这样一对比，是不是把让一个孩子自由地成长变味成一种高明的御人之术呢？

其实也许并不存在什么独立的教育观，什么人本主义教育观，什么现代教育观。我们的价值观投射在教育这个领域，就成了我们的教育观。如果大环境就是这么功利，就是这么看好出人头地，封妻荫子，那么一个人很容易以此作为价值实现的导向。

"不要问孩子要分数，越是想让孩子考得好，越是不能要。"仔细想想，这是多么有意思的一句话啊。它说得那么实在，那么智慧，那么高明，那么无奈。

如果我们问问自己，孩子不论考第一名和最后一名，我们都会一样地对待孩子吗？不论孩子将来是高官还是环卫工人，我们都会一样地对待孩子吗？我们会得到什么答案呢？我们对孩子的爱掺着杂质吗？我们会无可避免地把我们的态度传达给孩子吗？有一天孩子会跑来对我说"别假装你不在乎"吗？

也许我们从来都是扼杀孩子的，不是这样，就是那样。他们长大后就成了我们。

管它呢，任何集群动物的中央历来是最安全的，接受主流通用的价值观，活起来也是最容易最省劲的。人为什么活着是不得了的哲学问题，我回答不了。我总是消极地觉得那些伟大的意义都是人自己一厢情愿的意淫，人本身在生存过程中体现出的能量和智慧是很动人的，也许这就够了。

将来我必然把小鱼抛在一股洪流之中，再也无法驾驭。想到这里，我就一阵怅然。我的小鱼，请你以后一定要比我幸福。

小鱼还不到两岁呢，要成绩还早了点，早教才是更迫在眉睫的事情。

我是一直想带小鱼去早教的，这倒并不是因为我觉得早教会有多么神奇。除了上天，我想谁也创造不了奇迹。我之所以还是想去早教，原因大概有这么几个方面。

其一，我想给孩子创造一个社交环境，就是待在群体中，适应集群效应和群体规则。一个不加束缚的人在社会化的环境中是无法生存下去的。一个人融入社交环境的程度也就是他被别人认可的程度。

其二，我选的早教品牌在朋友中的口碑不错。如果选择早教，这一家的理念、环境和人员素质等等应该也算是个中翘楚了。哪怕正面的作用很微弱，应该也不会对孩子产生负面的影响。最差的结果，也就是花了大钱让小鱼和其他小朋友去玩了一玩儿，快活了一下。

我一直拖着没有去，是因为身边很有几个神人，老跟我说，某某的孩子上了，就是如何如何灵光啊，某某的孩子没上就是不行啊。

我不爱听，一个是我觉得你干吗轻易就说一个孩子不行？一个是你凭什么断定你所谓的行与不行就是早教造成的？人人生而不同，人人长的环境不同，你怎么就知道人人因早教而不同呢？

最终我还是去了，我很担心自己本质上是个不成熟的人，一辈子都在长不大的叛逆期，一辈子为了戳穿光环、捣毁神坛、颠覆权威而两眼放光。我不能因为自己的愤青气质就耽误了小鱼。我想最好给小鱼尽量宽松的压力小的环境，让她自己慢慢选择将来成为什么样的人吧。等她大了，要另类，要非主流就由她去吧，那时候赖不着我了。

我能给她的还是尽量中庸些，这样选择余地比较大。人家的小朋友都去了，我们不去怎么有资格说好不好呢？要想知道梨子的滋味，就得亲自尝上一尝嘛。

于是我预约好了顾问，去到那里实地考察，与顾问相谈甚欢。最后她彬彬有礼地拒绝了我进一步打折的合理请求，并且说下个月可能就不打折了，而且还可能要涨价，赠品也会换过。

于是谈判破裂了，我要求先试听再决定。她说试听的话要排好久，如果马上入会就可以随时到这里来玩儿，试听的课还是送给我。到外地的话还可以在六个月内在全球任何一个连锁机构再免费上两节。

前胖子说她在胁迫我。通常我对胁迫很反感，可是这一次就有点半信半疑，下次不会真涨价了吧。现在这年头除了工资什么都涨。

结果最后我被她很成功地胁迫了。我交了近一万三千元，买了96节课时，拎着送的小拉杆包美滋滋地回了家。胁迫，是一门多么伟大的艺术啊。

小鱼当时是16个月不到一点，是Level3里的上限。顾问和我都怕她第一次紧张，于是就选择了L3的育乐课，希望可以帮助她更好地融入。

艺术课她还不到年纪，音乐课不如育乐课那么好玩易于接受。

去的那天是五一期间，人比较少，有两个老师，小朋友没有几个，当然每个都有家长。老师基本是讲英文的，辅以一些中文。育乐课的内容是各种游戏，教室里有一些娱乐设施，老师还另外拿出一些玩具。

小鱼小朋友不是很配合，老师让大家坐着的时候她要自己跑出去跳舞，老师给大家吹泡泡的时候她跑上去抓老师的泡泡水。但是她非常高兴，本来我已经做好心理准备，她哭哭啼啼地扑到我怀里，不肯出去玩的。结果没想到她这么兴奋，一个人跑出去又唱又跳，其他的孩子都比我们小，都还不会走，就看到小鱼一个人在满地乱跑。

于是顾问跟我们商量了一下，说小鱼完全符合条件升到L4。因此第二节是L4的音乐课，是爸爸带去上的。

前胖子回来说，每人腰上围了块小纱，手里发了摇铃还是什么的，大点的孩子都可以跟上老师唱歌跳舞，而小鱼小朋友对这一切完全不知所云。在45分钟内往门口跑了十多次，倒地假装睡觉两次，跑到窗帘那里以为可以发现爷爷5次。

爸爸回来气呼呼地说令嫒不听话。我说这就是孩子，人人生而自由，被规矩奴化那还是以后的事情。难道你希望她现在就可以背着手坐在那里听讲？那样的话你不觉得可怕吗？

第三节L4的育乐课是我带小鱼去上的，是另一些针对性的游戏。不过降落伞和吹泡泡也是有的，因为据说不论多大的孩子都很喜欢。是啊，到现在连我都觉得又圆又大的彩色的瑰丽的泡泡是很神奇的现象，别说孩子了。

每节课会有一个主题，比如"高和低"啊，"肩并肩"啊，不过小鱼也不是很理会老师那一套，老是自己跑出去玩别的。

教室拐角有一个镜子，是成九十度两面的，这样小鱼在里面就可以看到三个自己。她简直觉得有意思极了，一下没拉住，她就跑到那里去看了，脸上的神情好奇而又愉快。

我也不是很强求课堂纪律，要是她对其他东西有实在浓厚的兴趣，我也不会硬把她拉到老师跟前去做指定动作，反正她的心也不在那儿。

后面又上了几个月，每周两节，我带小鱼上的都是育乐课，音乐课都是爷爷奶奶或者爸爸带去上的。以我的感觉来说，没有我预期中那么好。

我以为我是没有很高预期的，可是我错了，一个花了一万三千块的人，怎么会没有任何预期呢？但是确实还是有一定品质吧，除了课时之外的活动也还比较多，工作人员给我的印象也都不错。如果有人问我该不该上，我也只能说，教育本就是因人而异的，效果我认为是好的，但不一定有价格那么好。早教课能达成的，其他途径未必就不能达成，看个人的选择了。

我还参加了一次家长会，这是我的第一次家长会。前胖子说胖妈的又一个第一次献给了早教。听的内容不是都能记得起了，大部分是介绍一些婴幼儿各个时期的特点，还有一些广告以及规矩。可以记得的是小鱼当时已经到了第一个叛逆期，据说不能太和她对着干。

当时12—16个月的小鱼处在第一个语言爆发期。如果有些宝宝在这个阶段没有爆发，在2岁还有一个语言爆发期。那时候宝宝说起话来就不会像小鱼当时那样两个字三个字地往外蹦，而是像泡泡一样一串一串地说了。

关于英文授课，她是这样说的。一般一个孩子学习非语言环境之外的一门外语，一般建议是在3岁以后。而在7岁以后再学习外语，孩子就会带有母语的口音了。

他们的英文授课，据他们自己说是提供一个外语的语言环境，然而同时老师又说，如果你拿着一个苹果，你要么跟孩子说apple，要么跟孩子说苹果。如果你一会儿说苹果，一会儿说apple，你问孩子的时候小孩会不知道要告诉你什么，引起混淆。

天哪，我就没见过这么以子之矛攻子之盾的事情。你说，我处在一个有十几亿人口的国家，他们都讲苹果，我可能成天去跟孩子讲apple吗？再说，apple我还讲得出来，但还有大把我自己也讲不出来的呢。

说实话，就我自己的体验来说，老师唱的那些英文儿歌好多我都听不懂，其他家长也一样，孩子就更不用说了。

我觉得所谓英语授课其实没有什么实际意义，这应该算是没有汉化好，没有完全贴合中国小朋友的实际需要吧。一切都照搬其实是非常生硬的做法，号称全球上的课都是一样的又怎样呢？如果有什么东西适合所有的人，那其实也意味着它不真正适合任何人。

　　前胖子说，这就是卖点，不拿英文搞得这么洋，你肯花这么多钱吗？

　　小鱼的姨妈说，中国怎么就没一个好的早教品牌呢？

第三节　说"不"的智慧

我常常在想，我们为什么容易溺爱孩子？因为溺爱孩子是最简单的，最容易的，在短期内使关系最融洽的。

当小鱼不停地追着我说"米花糖"的时候，给她来上一块，使整个世界都安静下来，是多么简单的一件事情啊。可是要引导孩子，就得斗智斗勇。表扬与批评，奖励与惩罚是我们在引导过程中的常用兵法。也许我应该说太习以为常了，以至于我们都麻木了。

我在《孩子，把你的手给我》一书中看到关于表扬的一段，觉得很有意思：

称赞，就像青霉素一样，决不能随意用药。

使用强效药有一定的标准，标准包括时间和剂量，需要谨慎小心，可能会引起过敏反应。对于精神药物的施用也有同样的规则。最重要的一条规则就是：只能夸奖孩子的努力和成就，不要夸奖他们的品性和人格。

……

"你真是个好女儿"，"你真是妈妈的好帮手"，"没有你，妈妈该怎么办呢"，这样的评价可能会吓着孩子，让他们感到不安。因此，她可能会决定马上减轻自己的负担，用行为不端来坦白，而不是不安地等待曝光自己原来是个骗子。对品格的赞美就像直射的阳光，让人很不舒服，很刺眼。

还有在《和孩子划清界限》一书中，对于奖励和惩罚的说法让我感到相当振聋发聩："奖励根本起不到鼓励儿童的作用，恰恰相反，它是让儿童泄气的最佳手段……使用奖励手段无法培养儿童的责任感，当一个孩子自律、负责地行动时，这是他应当做的，我们没有必要额外奖励他……所有的行为都有其后果。让儿童体验自己行为的后果，是教会他们对自己负责任的最佳手段。"

这些与我们的传统不一样的声音开始让我思索，在养育孩子长大的过程中，成人到底该把自己摆在一个什么位置上？无论是小红花还是狼牙棒，都暗示背后有既定的规则和标准，而孩子面临的是高高在上的评判。

首先要声明，我已经放弃了与我的孩子的平等，尽管它听上去美妙至极。在小鱼只有20个月的时候，我遇到的重重困难使我觉得某些完美理论真的就只是理论而已。

例如兵书曾经曰过不要拿你的孩子和别人家的孩子攀比。我很快发现爷爷奶奶经常带小鱼出去，回来就难免说一些什么谁家的孩子多大，会不会走，会不会说，多高多重什么这样的话。于是大家偶尔优越，偶尔紧张。

好吧，忠实地看待自己吧，我们中的绝大部分就是一群会跟邻居比谁的车好，跟同学比谁混的好，跟同事比谁的孩子好的"糟糕家伙"。尽量克制自己，尊重孩子，把那些"你看谁家的谁谁谁"的言论都留给自己吧。

例如兵书还曰过在同一件事情上所有大人应该持有同样的态度。事实上一个人根本无法轻易左右他人的意志，跨越年龄性别与文化的重重鸿沟去统一每个家庭成员的认识谈何容易？

孩子从不同的态度里找到原则的余地和讨价还价的空间，看上去不过是指日可待的事情。考虑一下在此种境遇中何去何从，不让孩子乱钻空子，似乎才是迫在眉睫的事情。

与孩子的平等是另一个完美理论。试想想，我的老板不过每月给我出点粮，我就已经感到我和他不平等。更何况是一个离开成人，根本就无法生存下去的孩子？

我们相对于孩子的强大，孩子对于我们的依赖是显而易见的，试想连他们的存在都是我们的决定，不独立的人是没有平等可言的。

他们仰视我们是非常自然的事情，与其装着平等，还不如珍惜自己的强大，好好运用它所能产生的积极影响。因为这种强大以后就不复存在了。

尽管因为这种强大，使很多孩子对待成人都有一个类似神祇的过程，觉得大人无所不知，无所不能，我们也不能因此把自己当成造物主、救世主了。因为怀着这种心态就特别容易摆布孩子，况且与其等着孩子以后把我们从神坛上揪下来，还不如自己一早就走下来。

我赞成做个诚实的自己，不要刻意掩饰自己的不足和缺点，我们一点也没有完美的必要。我相信自己做错事也向孩子道歉比不承认自己也会犯错误是更好的榜样，也许适当的"示弱"并不一定是坏事。

有一次我给小鱼被蚊子咬的包上涂药，她拿着非要自己涂，我就让她玩了一会儿。后来我怎么要都不给我。我就假装哭了，挤出两滴鳄鱼的眼泪。小鱼信以为真，把蚊子药递给我说"给妈妈"，并且一边叫

"妈妈"一边紧紧抱住我以示安慰。

我当然"破涕为笑"，又是感谢又是表扬又是亲吻了一番。小鱼若有所思地看着我说："妈妈生气了，妈妈哭了。"我心里其实是很吃惊的，也很感激一个一岁多的孩子会体恤我伪装出来的情绪。

平时我也喜欢让小鱼帮我做点事情，帮我丢点垃圾啊，拿点东西啊，给我开灯啊。洗澡的时候我把浴巾丢到小鱼怀里："拿好。"

小鱼一边说"拿好了"，一边抱得紧紧的，觉得自己很能干的样子。

那么，在这种不平等中，我们能避免设定规则吗？规则是个很麻烦的东西。我们每天都活在规则之中，过马路看红绿灯，上班按指纹，有了问题找警察。规则的好处是快速约束和有效保护，规则的副作用是顺从。对孩子的灾难性影响则是毁灭他们的创造力。

我们该给孩子制订规则吗？我觉得一点都不建立显然是不可能的，因为一个人不会等到18岁才生活在规则当中，比如从上了幼儿园你就要接受一个集体的作息规律。也不可能所有的事情都等到孩子自己去发现后果，因为有些责任，他们承担不了。这正体现我们陪伴他们成长的意义。

小鱼一岁半的时候，跟爷爷奶奶去游泳池游泳。她不能理解爷爷奶奶为什么不能放开她让她自己玩儿。她拒绝救生圈，不想让爷爷奶奶抱。在她的想象里，她可以像在浴缸里一样在游泳池自由自在地玩儿水。我不知道该如何让她理解这样会造成溺水，但我只有先勉强让她接受限制，不高兴也没办法。

让孩子认识到行为所带来的后果，从而自律，而不是因为他人的意志来决定自己的行为，这当然是最理想的状态。

比如在跌倒这个问题上，我见过很多家长都去假装打地，打凳子，当时我也没觉得有什么不妥。但是后来我看到不止一本书上，都写道应该让孩子认识到自己跌倒是因为自己走路不小心，下一次一定要小心，而不是把自己的愤怒转嫁到障碍物上去。

这个事情我在小鱼身上试验过。小鱼跌倒后我都亲亲她，然后让她亲亲那些肇事的桌椅板凳，说"走路看看，跌倒疼疼"。效果和书上说的一样完美。

即使我们把规则定得尽可能少，也不改变其造就顺从的本质。规则造就的是顺从，而理解造就的是信服。构建这个理解以及信服的精神世界的奠基石，我以为是孩子对成人的信任。一个充满不信任感的人，是很难从心底真正接受的。

比如小鱼这么大的孩子，她非要让我把她端在盆里走来走去，端得走不动了的时候，我说"走，去看看妈妈包包里有什么好玩的"。比如她喜欢我用大毛巾被把我们俩都罩起来假装这是个帐篷，可是盛夏的毛巾被捂着实在太热，我想起当年做窗帘剩的纱，建议小鱼说："走，咱们玩儿纱帐篷去，小鱼和妈妈去拿。"小鱼之所以会露出期待的眼神，总是兴高采烈地跟我走，是因为她信任我，愿意放弃手边的喜爱的东西跟我做新的尝试。我看着她的眼神都知道她有多相信我。

欺骗是这个精神世界里的绝对毒药。不要欺骗孩子，别骗他们药是糖水，一点都不苦，赶紧来吃。小鱼不到20个月的时候，经过我的亲自试验，她可以理解药虽然不好吃，但必须吃，而且她可以自己吃。

孩子对世界上的很多现象，事件的理解都是一点一滴积累的。我以为，当他理解了过去你让或者不让他做的十件事情背后的真相是什么的时候，第十一件你不让他做的事情，他的首要反应才能是："哦，这又是怎么回事儿啊？"而不是"不让就不让呗，不让就算了"。

　　我以为即使我们暂时不能让孩子理解这个"不许"那个"许"的后面是什么缘由，也要让孩子试着理解在这些秩序背后，是存在着一些缘由的。不问缘由地顺从，不假思索地取悦，就已经可以理解为扼杀了。

　　有一阵子小鱼学会了说"不听话打"，有时候是"打不听话"，甚至还会边说边打人，还会造一些如"爸爸不听话"，"妈妈不听话"的句子，自己觉得很有意思。

　　奶奶可能觉得她的学习能力很强，把这当成一件趣事讲给我听。可是我很为此苦恼，我跟奶奶说不要老是这样吓她了，所有的惩罚都要有具体的针对性，要不然一点用都没有。为什么要教给孩子不听话就要挨打啊？我们培养的难道不是孩子，是奴隶吗？难道我们传递的不是是非观，是屈服和顺从吗？

　　奶奶说她乱动插座，我说那你就说有电疼疼，或者插座打屁股好了。

　　就是这样，等有了孩子才知道，不论得当与否，奖励和赞美总是容易去做，难的是说"不"的时候。说"不"需要的智慧，比说"是"要多得多。

　　快一岁的时候，小鱼开始喜欢抓我的头发，总是趁我不备，猛地抓住我的头发，使劲地拽，以我的惨叫取乐。17到18个月的时候，除了揪头发，小鱼还特别喜欢咬人和掐人，不分时间、地点、场合、部位、以及轻重。

　　并且这和她刚刚长牙时候的那种咬法不一样了，咬人掐人是她的闪闪发光的新游戏。小小尖牙一口咬下，有时候还伴随一个撕扯的动作，然后听到期待中的尖叫。她于是照例发出招牌的银铃笑声。

再不就是趁你抱着她，或者在她看似那么漂亮可爱那么天真无邪地偎依过来的时候，拿她的小小手指和指甲，在你身上偷偷狠掐一下。让你真看不出这么糟糕的事儿竟然是那么样的可人儿干出来的！

　　我已经被咬和掐到浑身青紫，这怎么也得算是家暴了吧。有时候咬住不撒嘴，气得我"咣咣"拍她的头。她也不哭不闹，也不撒嘴。前胖子在旁边大声支招："咯吱她咯吱她。"好不容易抽了身，气得我指着她说："你怎么跟王八似的，咬住就不放了？！"

　　孩子咬人，从几个月到几岁都是很普遍的事情。小鱼这个阶段还不算是攻击型行为，应该是觉得好玩，唤起注意，无法意识到咬人在别人身上造成的后果。可是那也不能把全家都咬到遍体鳞伤啊。

　　我试着告诉她咬人不好，说了很多遍也不能奏效。我甚至试图在她脸上咬一口，但是由于没有她下得了嘴，她反而觉得很好玩很开心。这几乎是适得其反的效果。

　　偶尔一次半次，她觉得疼了，我就赶紧趁机讲道理：妈妈咬你疼不疼？你咬妈妈，妈妈也疼的……你还咬不咬妈妈了？小鱼露出似懂非懂的神色，一般短期内就不会再咬了，然而故态复萌，一般就是过几个小时的事儿。

　　有人说要转移一下孩子的注意力。这比较困难，一个是她觉得这太好玩了，一个是我们疼得嘴里嘶嘶冒着凉气的时候简直不知道怎么转移。还有人说即使被咬了，也要装做若无其事的样子，从而淡化孩子咬人的行为。这个我觉得第一次就这样做才行，也得装的出来才行，等小鱼已经很享受我的尖叫就为时已晚。而且这样她不是永远都不知道咬人会疼吗？还有人说要培养孩子画画弹琴，陶冶情操，这个我看好比引东海之水来救涸辙之鲋。

最后绝望的我做了没有任何一个育儿专家会建议我做的事情。

在又一次被深深咬了以后，我忍不住狠狠拍了她的屁股。她哭起来了，我说咬人就要打屁股，然后就走开了。

我以为小鱼一定会很生气，不理我了。因为成年人的逻辑是这样——你打我，我不理你了！谁知道小鱼边哭边向我爬过来，要我抱着她。好像因为我不疼爱她而深感失落。

我于是心软了，抱着她，说咬人打屁股的，你知道吗？小鱼特委屈地说："知道了。"

"那你还咬不咬？"

"不咬了。"

于是我们像失散多年久别重逢一样紧紧拥抱一会儿，虽然这能管一阵子用，但如果你以为她从此就真的不咬我，那你就……太天真了。一次力度较大的胖揍，可以在我下次高喊"咬人打屁股"的时候让她停下来。但从打屁股到拥抱这一幕我们经常重演，直到后来小鱼终于不咬人了。

有时候小鱼把脸贴在我的腿上，张开嘴，牙碰到了我的腿。我能明显地感觉到她真的好想来上一口。这时候我严厉地看着她，或者简短地说"咬人打屁股"。小鱼就抬起头来，一边摆着手一边说"不咬不咬"，并且会把其他我禁止的都联想起来，例如"不揪不揪"（我不让她揪我的头发）。我就会抱着她说："不咬人不掐人不揪头发是好小鱼，妈妈最喜欢。"小鱼就扑在我怀里，我用拥抱来鼓励她做了一件我喜欢的事情。

但是咬人真是被打屁股杜绝的吗？根据我的观察，还真的不是。我觉得是我的喜爱和支持对她来说更重要，因此她权衡之后放弃了咬人提供给她的快乐。

首先你不可能真的把孩子打得疼到害怕，绝大部分亲娘应该都不会这样。其次我觉得孩子与其说是惧怕肉体上的惩罚，倒不如说是从中体会到了你的强烈愤怒和不满。

我就觉得有时候打小鱼的屁股弄得我的手都微微有点痛了，她也不为所动，该干吗干吗。再狠的话我肯定是下不去手的了……

不咬人是好的，可打人是不好的。我怅然若失，虽然我打了她的屁股。现实就是让人这么绝望，我俯下身慈祥地传授道理，孩子眨着大眼睛温柔地点头的画面不总出现。不过先不要急着鄙视我，因为还有更失败的事情。

前不久我带小鱼去外地，那是第一次小鱼看到外公外婆，彼时小鱼18个月多。一天小鱼和我在床上玩外公装在罐子里的一堆小石头。

这罐子的盖子做得酷似一个小盒子，但其实是打不开的。问题是小鱼不能理解，非要让我给她打开。未遂以后把盖子用力往地上一丢，开始躺在床上哭闹起来。

我看得目瞪口呆，在家我可从来没有见她这样过。原来倒地大哭这档子事，根本不用学，天生就会。

这种样子，我当然是最不喜欢的了，也没打算纵容她。我当时是受一些育儿书还有身边一些人的影响，认为这时候去迁就她会使她认为躺下来蹬腿是一种行之有效的办法，下次还会照此办法来操纵我们，准备起身让她冷静一下。

没想到看到我走了，小鱼涕泗横流地追过来，甚至忘记了自己会走路，急迫地在地上爬了起来，手足无措间甚至不小心跌倒，头都"嘣"

的一声碰到地上。我当然就不忍心了，把她抱起来。小鱼用很激烈的态度哭了很久，最后还是我把她抱到外面去转了一圈才哄好。

回来以后，我发现此举不但没有让小鱼认识到哭闹有什么不对，反而使她陷入一种极度不安全甚至恐慌的心态里。

她仿佛头一次意识到妈妈居然还会不理她，离开她，这让她感到非常难以接受。我从此不能离开她的视线一步，她也不能离开我的怀抱一分钟。不论吃饭上厕所我都必须带着她，就是在我的怀里她都不住地喃喃叫着"妈妈"，那个下午我想她足足叫了几百声"妈妈"。

这下我有点吓着了，又仔细地想了一下这个问题，觉得自己太失察了，太生硬了。这是小鱼第一次在地上打滚，她可能根本就没把这个和我的转身离开建立起我想当然的那种联系。当时她尚未病愈，长途奔波，在完全陌生的环境，我是她最信任的人，我怎么就这样一转身离开呢？

小鱼从小是个激烈的孩子。还没满月的时候，洗完澡放在床上给她穿衣服穿尿不湿，她就气得满脸通红，只有眉毛发白，哭声响彻楼宇，哭着哭着甚至都背过气去。

也许小鱼就是《育儿全书》里说的那种高需求宝宝。她意志坚定，不能实现愿望的时候会产生强烈的挫败感。这样的宝宝爱"耍脾气"似乎是顺理成章的事情。按照亲密育儿法，什么时候也别对发脾气的宝宝不理不睬。我们发脾气的时候也不是希望别人把我们扔在那里不管吧？

反思的结果是，下一次小鱼又露出躺下哭闹的姿态时，我并不走开，就在旁边说"小鱼不哭不闹，快过来妈妈抱"。她现在也慢慢能听懂更多的话了，除了转移注意力，我也可以让她明白有些东西就是打不开的，有些东西就是不能吃的。但我再也不会轻易走开了。

母亲是和孩子一起成长的，这是真的。

第四节　失笑喷饭满案

一、谐谑篇

一个孩子所能带给一个家庭的乐趣，是没有孩子的时候很难想象到的。尤其是开始学说话以后，可以说简直是笑料百出。

小鱼刚学会说话的时候，喜欢重复你的话里的一些关键字，听上去是回答你的话，其实就是简单模仿。这一点经常被可恶的前胖子加以利用。比如小鱼刚刚"嗯"过，前胖子就很有爱心地把马桶抽屉以及内容物举到小鱼跟前：

"臭臭不臭臭？"

小鱼——天真无邪完全不是前胖子对手的小鱼："臭。"

"你吃不吃？"

"吃。"（这个问题在小鱼那里从来没有别的回答）

"好不好吃？"

"好吃。"

"香香不香香？"

"香。"

……

最后前胖子在我的白眼，拳脚以及温柔的一声"滚"中悻悻远去。

我们家进卧室的走廊的墙上，以前挂的是前胖子和我的一张谁见谁说幽怨，简直疑似包办的结婚小照。有了小鱼以后，前胖子得意洋洋地说胖妈你要给你胖女儿让位了，然后就把小鱼面如满月的百天照挂在这儿了。有一天我下班，家里人让我问她胖胖在哪儿，我就问了。结果小鱼欢天喜地屁颠屁颠地跑到走廊上，那么天真无邪地拿手指着自己的照片说："胖胖。"

因为每个人都有不在家的时候，久而久之小鱼对这些人出门干吗总结出了自己的规律：爷爷不在家，那是买菜去了。妈妈不在家，那是上班去了。奶奶不在家，那是跳舞去了。爷爷教她那个上山打老虎的儿歌，她就直接跳到"老虎不在家"。

问她："老虎干吗去了？"

"跳舞去了！"

即使小鱼不大，我也总是喜欢给她尝试各种风格的衣服。她的头发很短，稍微中性的衣服就会使她看上去像一个男孩子。

有一次爷爷带她出去荡秋千。小鱼还戴着红色的草莓帽子呢，旁边的奶奶深表同情地对小鱼爷爷说："嗯，男孩子就是皮。"更为夸张的是有一个周末我带她出去拍了照片，她回来自己看了指着叫"哥哥"。

有一天春暖花开，我一路上看到的女孩子都分外妖娆，回来就奋发图强，和奶奶一起把小鱼给扮上了，从头到脚粉贯彻嫩洛丽路线。结果把我们自己给惊艳了，一家人很"乌龟"地把小鱼夸来夸去。

结果呢，小美人鱼在这一天干了不少坏事儿，先是把发卡掰断了，到了半夜翻来翻去地睡不踏实，怎么哄都不行，原来是又拉在尿不湿里了。好一番折腾，一时大家都睡不着了。

我忧愁地对前胖子说："你觉不觉得人一漂亮事儿就特多？"

前胖子经过一天的折磨，对小鱼严肃地说："请恢复你的灰马甲本色好吗？小鱼同志。"（奶奶给小鱼做了件灰色绒马甲，经过花朵扣子以及布贴的努力都无法提亮，群众普遍反应这马甲穿上像老太太。）

有一天在外面吃饭，我带着她在一楼大厅玩，忽然感到内急，就带着她去洗手间了。她进去也是不老实的，左右踅摸一番，突然用手拍拍我的头，语重心长地说："慢点嘘。"

当时我一个人就在洗手间里就忍不住大笑起来。她平常性子很急，一次给好几块饼干都是一并塞到嘴里的，所以我经常拍着她的头说"慢点吃"。没想到她自己造了这么一个让我哭笑不得的句子。

她一度喜欢用两只手捧着脸。她一摆出这个pose，我们就要说她："这么可爱啊，谁在装可爱啊？"

后来你只要说"来装个可爱"，她就摆出以脸为花，以手为叶的这个经典造型，神情严肃认真，别提多搞笑了。

小鱼对俯卧撑这回事一直相当的感兴趣。爸爸一开始做，小鱼就要欢天喜地地过去摸爸爸的头，一边咯咯傻笑，一边学着爸爸的样子做，无法得其精髓，只跪在地上把头一仰一伏。这基本是广播操里的"头部运动"。

后来她意识到了自己的不到位，一说要俯卧撑就立刻匍匐在地，只有小屁股抖动起来，一边嘴里还说着"爸爸俯卧撑，小鱼俯卧撑"。头部运动于是彻底沦为了"屁股运动"。

小鱼还对我的两双鞋特别感兴趣,一双是绣花的麻底鞋,一双是有亮晶晶拼缀图案的。经常把它们拉出来,自己穿上,四处行走,转弯掉头,进退有度,走得真是我意想不到的好。她经常穿上我的鞋,拎上我的包,然后说她要"上班班去"。

为了教会小鱼什么是眉毛,我一边用QQ表情里挤眉弄眼的表情一下下地抬眉毛,一边说"眉毛眉毛"。结果小鱼看到这个表情哈哈笑了起来,而且很想学一下,但是做不了这么精细的动作,就把头胡乱地前后快速摇。那样子,我可以很负责任地说,可比挤眉弄眼的她妈可笑多了。

"爸爸来了"是小鱼很喜欢的游戏。开始是我和小鱼藏在大毛巾被里,然后前胖子撩起毛巾被怪笑着上来抓小鱼。小鱼就会激动地一头扎进我怀里,还不住地往我怀里拱,呼吸中都带着警觉,四处留意着,看爸爸会从哪一个方向钻出来。

后来只要爸爸一怪笑着过来,小鱼就立刻向我扑过来,像小鸵鸟一样把头埋在我怀里。再后来爸爸只要一走过来,小鱼就开始往我怀里乱钻,我不得不经常很无奈地对她说:爸爸只是路过……路过啦。

二、档案篇

这是我给小鱼写的人物档案,纯属娱乐。

【姓名】小鱼(化名)

【年龄】20个月

【曾用名】

啊呜——我最经常叫小鱼的方式。一个原因是她小时候吃东西从来没有让我们操心过，总是如儿歌所云"啊呜一口吃掉它"，另一个原因是两个多月的时候她喜欢自言自语，爱说"啊呜"，因而得名。

小娃娃——这一昵称多用于表亲昵、喜爱以及需要大声呼唤的场合。例句：小娃娃，妈妈回来喽！

个别女同志——这一称呼适用于一些严肃的语言环境，讨论的是大是大非的问题。

例句一：个别女同志！请你自重！争取早日自理！

例句二：个别女同志！不要从地上拣瓜子皮吃！

女流氓——用在爸爸上厕所还要找爸爸玩或者偷看爸爸洗澡的时候。

急娃娃——得名于她糟糕的脾气，有的孩子饿了，他可以耐受15分钟，先哼哼唧唧一阵子，但小鱼15秒后就会大哭起来。

这一称呼用于小鱼饿了、困了、打不开盒子、拿不到东西以及其他一切彻底丧失风度的场合。

小丸子——用于白天刚睡醒，脸颊和樱桃小丸子一样的时候。

令媛——用于一切前胖子和我互相恶心的场合。

例句一：令媛又在外面放泼了，你还不赶快出去看看？！

例句二：120ml？你太低估令媛的饭量了！

"令媛"也有被冤枉的时候："我搁桌子上的二十块钱谁给我拿了？"

"（也是）令媛……"

【星座】魔羯

【属相】鼠（尾巴尖尖）

据说快过年的老鼠从来都不缺吃的，那就应该是一件好事吧……

【最喜欢的人】参见著名歌曲——那个世上只有什么好来着？！

【最喜欢的物】各种容器，桶、碗、盆，甚至盖子……

【最喜欢的食物】巧克力——她能探测到方圆十米巧克力反射回来的声波

【优点】发育正常，不让人操心

【缺点】单眼皮

【武器】无人可以抗拒的笑脸加含着一个手指头看你

【功夫】简单会话、奔跑、双脚跳

【最爱的游戏】"爸爸来了"和捉迷藏

【个性】烈

【假想敌】小虾（也是化名）。前胖子和我经常很虚无地讨论再生一个的问题，我们总是把这个可能存在的孩子称为小虾。小鱼不听话的时候，爸爸都会引入假想的竞争机制——你再这样爸爸喜欢小虾去了。

第五节　风花雪月和鱼

一、倾城一笑篇

小鱼是个喜欢笑的孩子。当然，刚生下来的孩子，笑都是无意识的，叫做自发微笑。不过看她睡着的时候抽动着嘴角，甚至发出嘻嘻的声音，我们还是愿意认为她笑了。

直到后来她真的笑了，这时候小鱼看着我的眼睛，整个脸像花朵开放一样不容误会，一看我就知道这是真的会笑了。这就是所谓的诱发微笑（社会微笑）。

小鱼的笑是分好多种的。

有一种是礼貌式的，比如她正在玩耍，你叫她："小鱼！鱼鱼！"她就抬头冲你一笑，很矜持的那种浅笑，表示我知道你叫我了。

类似于我们碰到熟人，边笑边问："吃了吗？"

或者类似于有些该死的家伙，听了我那么可笑的笑话，过了5分钟之后，也只是这样一笑，说"真好笑"。

还有一种是真的让人觉得很可笑的。

有一次我突然打了一个大喷嚏，很大的喷嚏，然后就听到有人响亮地呵呵笑了起来。我们大家震惊地发现，竟然是小鱼趴在那里忍俊不禁地笑呢。

我们都觉得喷嚏实在没什么可笑，可是她趴在那儿傻笑的样子真的太可笑了，全部一起大笑起来。

这下小鱼不笑了，丈二和尚摸不着头脑地看着我们，肯定心想这些人傻笑什么呀。

后来我们就发现，小鱼对这些怪声音一概觉得好笑，什么打嗝啊，咳嗽啊，哪怕她自己正打着嗝，你去学她，她一样马上笑起来。

还有一种笑是表达喜爱的。比如你给她好吃的东西，或者她想要示好的时候，她就无声地咧嘴冲你笑。后来这种笑又开始伴随着眯眼睛，皱起小鼻子，露出她参差不齐的几颗小牙齿。很灿烂，不过大家还是一直认为不好看。

我永远都记得小鱼第一次，有意识地，看着我的眼睛笑的样子。

当时我把小鱼抱在怀里，她突然看着我就笑了。我顿时被击中了，魂飞魄散，简直觉得整个世界都为之明亮了。

书上是这样说的吗？她用微笑表示感激。那时候我就想为小鱼奋不顾身地写一首诗，不过实践这个想法的时候已经是很久之后，诗意也差不多魂飞魄散了。但我决定还是豁出老脸来，把这个念头付诸行动，以示纪念。

风花雪月和鱼
风说

我是流淌的月光

花说

我是风串起的铃铛

雪说

我是落花之殇

月亮说

我是雪的故乡

我说

我被这一笑击中了心房

我被击中了心房

一点温暖和一点痒痒

我牵着你的手

微笑的脸庞

我们赤着脚奔跑

不顾一切的奔跑

我们在风里奔跑

脚步在时间长廊里回响

我们在花海里奔跑

影子都变得芳香

我们在雪地上奔跑

心和世界一样明朗

我们在月亮上奔跑

回头看潮落潮涨

我

注定是蹩脚的诗人

而你

天然是最美的诗

一只小鱼在奔跑

在我如水的目光

【山寨赏析】

估计也不会有人给我赏析，我也无财雇有才的人替我鼓吹，因此我自己赏析算了。

诗是世界上最不具备逻辑的文字组合，然而在老鱼的诗里，却充满着逻辑和逻辑的完美嵌套。你可以说，这是理科生写的诗，因为他们用同样的逻辑来写论文。或者说，这不是诗。或者说，这是一首梨花体。反正意思都差不多。

不论谁看到美好的人和事物，心中其实都会起一点诗意，但我认为诗人是天生的，你永远也不可能靠勤奋写好诗。

据说风花雪月很有诗情画意，因此老鱼半是认真半是搞笑地放进去了，现在这首梨花体囊括了老鱼心中大部分的美好事物了：风花雪月，小鱼，还有她自己。老鱼掐着指头算了算，觉得这首梨花体简直太美了。

老鱼通常也不染指风花雪月，但是又觉得小鱼太美好。即使老鱼不会写，她认为小鱼也是诗。因此你可以认为这是浪漫老鱼的又一部魔幻现实主义力作，也可以认为这是现实老鱼的一次浪漫尝试。

这样，老鱼将来不但可以振振有辞地诘问小鱼：谁给你把屎把尿？

还可以哀怨地说：我都给你写诗了，你究竟还要我怎样嘛。

下面剖析这首诗中的一些伟大象征。风花雪月象征尘世间的美好，奔跑象征自由和成长，赤脚象征不受束缚和不经雕琢的本真。没有读过梨花体的请以此段为导读。

二、番外篇

这篇番外来源于一个想法，一个新生命来到这个世界上，它是怎么看待这个世界的呢？当然，仅供娱乐：

我本来居住在一个很小的池塘里，这里的水很温暖，虽然没有屋没有田，可是我依然感到生活乐无边。

我的身上有根奇怪的带子，无聊的时候我会绕着这根带子玩一玩，伸伸懒腰踢踢腿，就算是我的娱乐了。我也从来不觉得饿，好像喝水我就已经饱了。我的生活异常平静。

而这一切都在一天改变了。

那一天，我听到池塘外面声音嘈杂。以前这样的情形也有过，可是这一次完全不一样，我隐隐地感觉到，有事情要发生。

果不其然，我正缩在那里无处躲藏，突然天空变得雪亮，池塘的水骤然流干，我被一把拽了起来。

我的第一反应就是：我被外星人绑架了！我害怕极了，凛冽的风仿佛穿透我的身体，我不得不张开嘴大口喘气，吓得哭了起来。我偷偷睁开眼睛看了一下，果然是一群外星人，长着白色的身体，蓝色的头。他们这是要拿我做实验吗？

我好害怕。强光刺得我睁不开眼，我的哭喊挣扎没有起到任何作用，还把我自己累得够呛。这些外星人真强大。

后来我被转移到一处所在，好半天以后我才适应了新的环境，我的身上被人包上了东西，终于不那么冷了。

我试着睁开眼睛好好看看我被关押的地方，身边又换了一些外星人。我发现白的蓝的只是之前那些外星人身体的附着物，而这些外星人身上是完全不一样的附着物。他们看上去好像并没有恶意，不时前来围观我，但是他们的语言我完全听不懂。

我不知这些外星人在我身上动了什么手脚，觉得好饿啊，不过他们也给我嘴里喂东西，我就拼命吸起来。这些食物以前从来没吃过，味道还可以。

过了一阵子不知怎么肚子叽里咕噜，我一使劲儿，不知是些什么黏黏答答的东西粘在屁股上，好难受啊，我赶紧大喊，这些外星人就来给我弄干净，终于舒服一点了。

好累好困啊，抓紧时间睡会儿吧。

这么吃啊睡啊又过了一阵子，一觉醒来之后，我发现我又被转移到了一个全新的地方。这里温暖、干净、宽敞，闻上去似曾相识，我很喜欢。

我身边的外星人也十分固定，基本就是四个，而且他们对我非常好，几乎是百依百顺。我恍然大悟——他们把我请来是要膜拜我的！那就好说了，我终于放心了，不是小白鼠就好，那我就放着胆子摆谱儿了，一有什么不爽我就大喊大叫。真灵啊，他们马上就来了。

唯一令我不满的是，他们的智商好像不高，我试着教他们学说我的话，可是他们无论如何学不会。比如我根本就不喜欢洗澡，可是他们就是要像洗菜一样把我洗来洗去，简直有失体统。可不论我怎么抗议，他们都听不懂，那叫一个郁闷！

时间长了以后，还是靠我的聪明才智，学会了说外星话，才闹明白这四个奴仆的名字。有一个叫妈妈的，体型较小，毛发很长，基本上这是我最贴心得宠的仆人（历史是由勤奋的肯记日记的人书写的）。我因此恩准她总抱着我，料理我的膳食起居。我喜欢她的味道，淡淡的暖香，也似曾相识，我是在哪里见过她呢？

还有一个爸爸，毛发短些，体型较大。他这个家伙怎么说呢？比较粗笨，不是把我这里弄疼，就是把我那里弄疼，只能做个粗使，然而必须承认这个家伙很有意思，我看见他就想笑。我最喜欢和他玩儿啦，不过最好还是妈妈在身边比较稳一些，天知道他会干出什么来！

还有两名奴仆面部的沟壑要深一些，不知这代表什么，他们一个叫"爷爷"，一个叫"奶奶"。爷爷在妈妈不在的时候也把我弄得不错，善解人意，无微不至。奶奶经常弄出些好吃的来，我也很喜欢她。不过我不知道她为什么有好吃的，藏了那么久才拿出来给我。

总的来说，这四个仆人各有千秋吧，不能偏废。

又过了一段时间，他们又把我带到不同的地方。我才发现，这个星球很大，比我原来那个池塘大多了，这让我觉得我原来还真是井底之蛙。

我也打通了任督二脉，可以在这个星球上跑了，渐渐的我喜欢上了这个宽广的星球和这些外星人。

外出的时候，我发现他们还绑架了一些别的人质，也是膜拜一样地对待。这些外星人怎么这么奇怪呢，他们自己没有神么？

这个问题我困扰了很久，直到我后来又发现了一个惊天的秘密。

有一天妈妈把我带到一面银色的墙面前，我一看里面有一个人质一个外星人，那个人质和我在外面看到的其他人质是类似的。

我好开心，正欲很有风度地打个招呼。再定睛一看，为什么墙里这个外星人和妈妈一模一样？而且和妈妈做着一样的动作？我吓了一跳，这是什么巫术啊？妈妈好像很喜欢这面墙，隔三岔五就抱着我到这面墙面前来。

后来我在外面看到很多体型不一的人质，有些介于人质和外星人之间，很难分辨。我被我自己脑海中产生的大胆想法惊呆了：难道说，那面墙就是外星人用来看自己的？难道说，墙里那个人质就是我？难道说，我们被掳来的目的就是把我们最终变成外星人？

我惊骇地看着妈妈想：难道说，长大后我就成了你？

难道我将来真的会变得那么傻乎乎的？我都指了一百遍鸡蛋在哪儿，肉松在哪儿，手脚在哪儿，头发在哪儿，这些外星人还是会第一百零一遍来问我……

后记

　　我由衷感谢编辑的喜爱与支持，使我的这本育儿日记得以出版，使我给小鱼的这份礼物更加厚重。而这本日记所承载的鲜活的生命，才是真正惊世骇俗的作品。我这样说，不是因为小鱼有什么了不起，而是一个新生命使熟视无睹的我重新认识到：生命，就是世间最美的奇迹。

　　孩子的弱小稚嫩让我垂怜不已，孩子充满无限可能的未来又让我觉得生畏。想起我在很大程度上左右着这些未来，我自然觉得肩挑大义。

　　一美元收购《新闻周刊》的哈顿说，写作是自我发现的过程。是的，养一个孩子也是。不生一个孩子，你永远不知道你会是什么样的父母。我很高兴我有一个女儿，也很高兴自己没有一分钟后悔成为一个母亲。

　　我是个喜欢问问题的人，曾经我以为成长会使我获得更多的答案，可我发现不是这样的，成长只是使我有了更多的问题。成长永远不会结束，哪怕我已经成了一个母亲。孩子，会使我们不断面临新的惊喜，新的挑战，新的责任。孩子没有既定的生长样式，父母的问题也并非总有标准答案。本书中所有的观点，都是我的个人观点。我竭诚地希望，此书可以引起您的思考，或者一笑，那样便已带给我莫大的满足。

　　我将来大抵不会成为每天对小鱼说"我爱你"的母亲，因为我含蓄惯了。有时候我看着小鱼穿得鼓鼓囊囊，笨拙地蹲下来，或者低着头认真地研究一个小小线头的样子，我的心里就会涌上一股类似于朱自清看到父亲"肥胖的，青布棉袍，黑布马褂的背影"的情绪，使得我总是要沉默地摸摸她的头，或者轻轻地吻她一下。

天下父母，情同于我。我知道他们都在心里对孩子说：请你一定要快乐。